甲蟲男孩3

最終決戰

M.G.Leonard

M.G.里奧納 著　黃意然 譯

獻給賽巴斯汀、亞瑟，和山姆

瑪蒂妲、卡斯比恩，與萊恩

克蕾兒·拉奇許及莎拉·貝嫩博士

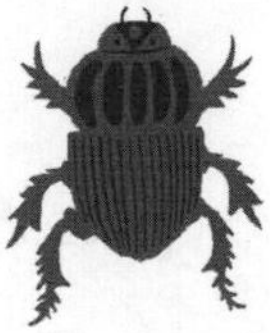

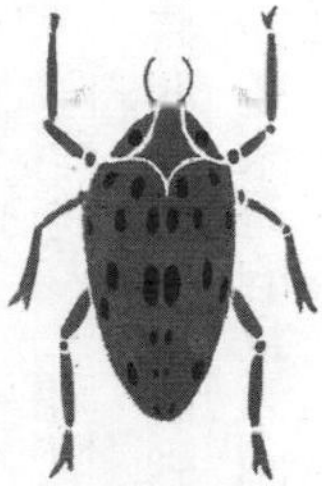

由於昆蟲的體型小，我們很容易低估牠們的外表。想像一隻公的高卡薩斯南洋大兜蟲，具有青銅色的光滑盔甲和巨大複雜的犄角，倘若我們能把牠放大到狗或甚至馬的大小，牠將會是世界上威風凜凜的動物。

——查爾斯·達爾文，《人類的起源》

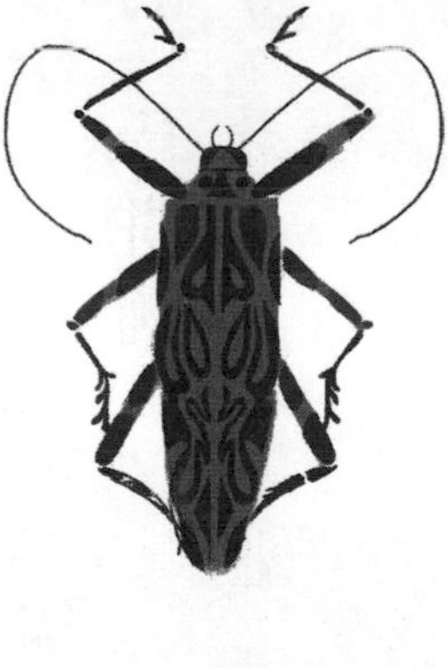

推薦序

閱讀，青少年學習歷程中最重要的一片拼圖

基隆市銘傳國中閱讀推動教師　林季儒

闔上書頁，思緒也隨著達克斯和諾娃一起將「甲蟲男孩」的最後一片閱讀拼圖，深深的在心裡感動的完整拼上。

帶著全校孩子參加親子天下「校園圖書館 尋找甲蟲夥伴」閱讀活動已是三年前的事了。當初《甲蟲男孩》給我的第一片印象拼圖是「孩子們沒有不喜歡的！」全書故事線圍繞著親情、友情與尋找父親的解謎核心氛圍展開，緊湊的懸疑情節與有趣的角色設定一下子就抓住了孩子們的眼光！但是隨著故事的推展，在孩子們迫不及待的雀躍分享中，我發現融合冒險推理和科普知識的《甲蟲男孩》目標遠不單單只是「讓孩子們喜歡」而已，作者為青少年讀者繪下更宏大的藍圖：她想要藉這個故事引導青少年讀者尊重生命、同理他人、關懷環境……，孩子們透過閱讀所構築的認知世界隱然成形。孩子們已經將閱讀拼圖完成到了甲蟲男孩第二部《女王再臨》，只是才剛解開謎底的達克斯又陷入前所未有的巨大困境。我們距離整張拼圖的終點，就只差了短短幾步。沒想到，好不容易等到新書出版，這看似短短幾步的拼圖居然是最難定位下手的。

為什麼這麼說呢？在第三部《最終決戰》中，達克斯、柏托特和薇吉妮亞要面臨更艱難而沉重的課題：身為人類的反思。誠如甘心忍受蛻變的痛苦也要保護地球的盧克莉霞尖銳的反問：「人類身為其中的一種物種，不是正在以不可估量的規模大屠殺嗎？」「我們還必須再從鯨魚的肚子裡發現多少塑膠製品？我們還要拿多少平方英里的雨林去換取石油？」書中主角帶著青少年讀者一步一步去尋找最終祕密實驗室「百歐姆」，在高潮迭起的情節中和不免思索品德教育、人權教育、環境教育、生命教育、性別平等教育……等等議題。

我想，課表裡沒有哲學課的孩子，一時間也拼不出「什麼是全然的對，而什麼又是純粹的錯？」的真相，或是「如果物種平等，那人類和甲蟲的差異何在？」的答案——但我相信，孩子們透過閱讀不斷一片一片的拼湊、再錯誤、再拿起、再拼湊……在這樣反覆驗證的自學歷程中終能學會透過閱讀去尋找，學會透過尋找去思辨，學會透過思辨去建構些那除了考試與成績之外的核心價值。在教育現場中，我們會發現優秀而適切的青少年小說是孩子們學習歷程中最重要的一片拼圖，而《甲蟲男孩》系列更是一時之選。

想要跟青少年讀者討論環境正義嗎？想要和青少年讀者談談Rachel Carson的「寂靜的春天」(Silent Spring)嗎？《甲蟲男孩3：最終決戰》絕對是孩子們最好的敲門磚，也是身為閱讀推動教師的我最好的選擇。

1 甲蟲災害

「我拿到了星期天的報紙，」柏托特說，他用肩膀推開麥西伯伯家的門，拖著腳、倒退著走進客廳。柏托特最親密的朋友牛頓——一隻紅棕色的螢火蟲——盤旋在他那團白色頭髮上方，腹部微微發光。

達克斯和薇吉妮亞抬起頭來。他們盤腿坐在水藍色充氣戲水池的兩邊，戲水池裡擺滿了橡木覆蓋物和一堆馬克杯。達克斯身穿他在洛杉磯購買的象鼻蟲尼夫爾的T恤，薇吉妮亞則穿著褪色的牛仔裝、舊的牛仔褲，以及姊姊穿過的舊外套，上面別了許多徽章。

「我們正在餵甲蟲。」達克斯邊說邊將一罐草莓果凍放置在茶杯當中。甲蟲山倖存下來的甲蟲目前居住在這裡，另外他們的小窩——基地營——殘留的東西也存放在這間麥西伯伯公寓的客廳裡。他們在此聚會，為阻止盧克莉霞·卡特企圖專橫的掌控全世界的任務而擬訂計畫。

巴克斯特，這隻外殼富有光澤的黑色兜蟲比任何人都要了解達克斯，牠正在達克斯肩膀上監督果凍的發放，擺動帶刺的前腿指示著果凍應該擺放的位置。

薇吉妮亞拿著黃銅製的園藝噴霧瓶，在充氣戲水池上方拚命的噴灑細細的水霧到橡木覆蓋物上，以免覆蓋物乾掉。馬文，那隻與她形影不離的櫻桃紅色粗腿金花蟲，正用粗壯的後腿吊掛在薇吉妮亞的髮辮上，大口嚼著一團香蕉果凍。

達克斯拍去手上的泥土，站起來，走到咖啡桌旁，柏托特正將報紙整齊的擺放在桌上。薇吉妮亞把噴霧瓶放到地板上，加入他們。

「有更多關於作物遭到攻擊的新聞報導，你們看，這裡有一篇說科羅拉多金花蟲摧毀了俄羅斯的農作物。大家開始相信盧克莉霞．卡特在電影獎頒獎典禮上說的話，驚慌起來了。」柏托特把眼鏡往鼻梁上推，擔憂的看著達克斯。「現在有報導指出，德國的小麥作物也遭到破壞，還有三起因為動物糞肥堆積造成的疾病爆發，政府終於說明這些是人為控制的針對性攻擊。」

達克斯走上前去想看報紙，但是柏托特站在他與桌子之間。

「那個，呃，達克斯……還有其他的事……」

薇吉妮亞拿起一份八卦小報，唸出頭版標題。**「甲蟲災害！糧食配給！」**她翻了一頁，褐色的眼珠掃視文字。「什麼？我不相信！報紙認為盧克莉霞．卡特的威脅是真的，但是他們不相信她有能力製造出科學怪蟲，因為她是靠製作衣服維生的！」

達克斯聳聳肩。「也許他們不想相信她找到了控制昆蟲的方法。」

「才不是呢，」薇吉妮亞憤怒的哼了一聲，「那是因為她是個**女人**。」

「薇吉妮亞……」柏托特試著引起她的注意。

「大家總是認為最優秀的科學家都是男人。」薇吉妮亞火大的用手背拍了一下報紙。「你們聽聽看這個，『麻煩不斷的鞘翅目昆蟲學家，巴索勒繆．卡托博士，原為自然歷史博物館的科學部主任，曾經與盧克莉霞．卡特訂過婚約。過去五年內，由他帶領的一組遺傳學者和昆蟲學家團隊全都神祕失蹤。這股精英勢力躲藏在瘋狂時裝設計師的甲蟲大軍背後，利用盧克莉霞．卡特戲劇性的影像，掩護他們對世界的攻擊。』」

「**什麼？**」達克斯從薇吉妮亞手中搶過報紙。「這是胡說八道！」他瀏覽一下文章。「他們為什麼那樣說我爸？」

「因為他是男人。」薇吉妮亞得意洋洋的說。

柏托特嘆了口氣搖搖頭。

「他們把甲蟲的事怪罪在他頭上！所有的人！」達克斯邊說邊迅速的閱讀文章。「這是不對的。我們必須告訴他們，我爸是想要阻止她。」

「達克斯，」柏托特輕聲說，「那是因為『他』是盧克莉霞．卡特帶去參加電影獎的貴賓。」他拿起另一份報紙，「你看，《每日信報》也這麼說：『巴索勒繆．卡托博士挽著盧克莉霞．卡特的手臂，出現在電影獎頒獎典禮上，一般認為他是這場致命的甲蟲災害的幕後操縱者。』」

「這太不公平了！」達克斯感覺自己的臉發燙。「全都是胡扯！我爸爸絕對不會傷害任何人。」

「真噁心，」薇吉妮亞點了點頭，「他們竟然認為盧克莉霞・卡特的天才行為是出自一群男人。」

「天才？」達克斯大叫。「她才**不是**天才。」

「她當然是天才！」薇吉妮亞反駁。「她飼養了一大批甲蟲大軍，正在破壞人類的糧食供應鏈，想控制這顆星球。這簡直是不可思議。從來沒有人統治過整個地球，她卻大膽放手去做，超厲害的。」她搖一搖頭看著達克斯。「別擔心，他們最後還是得承認真正的天才是她。」

「她才不是天才！」達克斯大吼，用手指戳向薇吉妮亞。「她是個惡魔！她想要把人餓死，然後怪到我爸爸頭上，看看她對諾娃和史賓賽做了什麼！」

「嘿！冷靜一點。」薇吉妮亞皺起眉頭。「我並沒有說**我贊成**她所做的事。」

「哼，聽起來完全就是。」達克斯怒目瞪著薇吉妮亞說。

薇吉妮亞挺出下巴準備抗議。

「呃，兩位？」柏托特清一清喉嚨。「我們不要再爭吵了。」他對他們露出懇求的笑容。「我們都是站在同一邊的，記得嗎？」

薇吉妮亞發出一聲嘆息。「抱歉。」她看著達克斯。「我應該說**邪惡的**天才。」她聳起肩膀，「我只是想要指出大家都低估了盧克莉霞・卡特。」她將桌上的報紙推來推去。「責怪你爸爸是條錯誤的路，無法幫助他們找到她或阻止她。」

「我沒有低估她。」達克斯回應。他們從電影獎回來之後已經過了十一天，但是對達克斯來說，感覺好像度日如年。每晚睡覺前和早晨醒來時，他腦中全是父親一瘸一拐的步伐，跟著盧克莉霞．卡特爬上好萊塢劇院屋椽的影像。

一聲響亮的破裂聲傳來，他們全都嚇了一跳。

「那是什麼聲音？」柏托特問，看起來有點害怕。

薇吉妮亞指向他的肩膀後面。前廳窗戶的玻璃有道細微的裂痕。

達克斯謹慎的跪在沙發上，從沙發靠背探出身體，查看底下的街道。站在馬路對面、紋身店外頭的是羅比，學校裡的紅髮惡霸，一幫綽號是「生化人」的男孩圍繞在他身邊。他打開窗戶。

「嘿，甲蟲男孩！」羅比大喊。「告訴你爸爸，他要是不叫他的那些殺人蟲子住手的話，他兒子就會被打扁。」

「沒錯！」生化人個個握緊拳頭，打在他們的另一隻手上。

「那些才不是我爸爸的甲蟲，」達克斯大聲回話。「他跟那些蟲子完全沒有關係。」

「哦，是嗎？」羅比嘲笑著說。「報紙上可不是那麼說的，他們說你爸爸是凶手。」

他用一根手指劃過脖子，「他們八成會為了他恢復死刑。」

「報紙上寫的全都是胡說八道，」達克斯大聲說，「沒有一件事情是真的。」

「是嗎？哼，你當然會那麼說，不是嗎？」羅比譏諷著說，他的牙套閃過一道金屬光。「不過，我看過你那些噁心的甲蟲，我們全都看過。」那群生化人的頭在脖子上晃來晃去。「我們告訴警察你們這群人非常奇怪，會跟蟲子說話。報紙寫的全是事實，我很清楚，我絕對不會容忍那種事情發生。」說時遲那時快，羅比把手往後一拉，扔出一塊藏在拳頭裡的石頭。

達克斯感覺石頭擊中他的臉頰，微微刺痛著。他用手摀住臉頰，把頭從窗口縮回去。

「喔！你流血了。」柏托特輕輕拉開達克斯的手，以便查看傷口。

「我們會抓到你的，甲蟲男孩，還有你爸爸！」外頭傳來一聲吼叫。

「別理他們。」薇吉妮亞邊說邊關上窗戶，石頭接二連三的擊中玻璃。她迅速拉上窗簾。

「我怎麼能夠不理他們？」達克斯揮開柏托特瞎操心的手。「他們說的是所有人的想法。大家相信報紙上看到的消息。所有人都認為我爸爸有罪。」

一陣尷尬的沉默，薇吉妮亞和柏托特不知所措的互相對視。越來越響亮的警笛聲傳來，柏托特跑到窗邊。他透過窗簾窺視，「是警察！」他倒吸了一口氣。「有兩輛車在健康食品店外面停下來，他們下車了。我們該怎麼辦？」

「我們不能讓他們進到屋裡來。」達克斯驚慌的看著四周。「不能讓他們看到甲蟲，他們會認為那是我爸爸有罪的證據。」

「我在電視上看過，除非有搜索票，否則他們不能進來。」薇吉妮亞說。「告訴他們，你伯伯出去了，你不能幫陌生人開門。」

「好，」達克斯點點頭，「可是關於我爸的事，我不會說謊。大家必須知道他是想要阻止盧克莉霞・卡特。他是好人。」

「不行，達克斯，你什麼都不能說，」柏托特說，「你爸爸需要讓盧克莉霞・卡特相信他站在她那一邊，不然……」

蜂鳴器響起。

達克斯看向門廳，有點期待看見那扇門被撞開。「這不公平。」他低聲說。

「我曉得。」薇吉妮亞點了點頭，深色眼睛露出誠摯的眼神。「不過我們知道真相。」她輕輕拍一下他的背。

「我要去找我爸，」達克斯握緊拳頭，「然後阻止盧克莉霞・卡特，逼迫報社在頭版上刊登全版的道歉啟事。」巴克斯特在他肩上，開闔翅鞘，振動柔軟的翅膀，發出嗡嗡聲表示贊同。

「我們會在你身邊。」柏托特說。

「一路陪著你。」薇吉妮亞點頭。

2 豆娘飛行

罩在巴索勒繆．卡托臉上的麻袋讓他滿頭大汗。汗珠順著他的臉頰流下，彷彿是激動的眼淚。儘管熱得難受，他仍然慶幸這層布提供了掩護——防止盧克莉霞．卡特和她的打手看見他保持警覺，試圖獲得他被帶往何處的線索。

當太陽照耀的時候，巴弟能夠辨認出直升機內其他人的輪廓，不過在一小時前世界已經變得昏暗。現在，雨水咚咚咚的擊打在金屬頂篷上，有如大量的小石頭無止盡的落下。在這樣的傾盆大雨中飛行並不安全，滂沱的暴雨表示能見度降低。

我們一定是接近百歐姆了，他心裡想著把身體往前傾。

巴弟腦中有清楚的畫面，知道每個人坐的位置。駕駛艙中坐著法國管家傑拉德，再來是玲玲——那個致命的保鑣負責駕駛直升機。幾名打手坐在他對面那一排，背對著傑拉德和玲玲。柯雷文坐第一個位子，丹奇許癱倒在他旁邊，再過來是毛陵粗壯的剪影。甲殼質、帶刺的腿偶爾會鉤破他長褲的布料，讓他不可能忘記盧克莉霞就坐在他身旁，而自封甲蟲女王的另一邊是一片寂靜——諾娃坐在那裡。他心想，那個可憐的孩子肯定嚇壞了。他很好奇——而且這並非頭一次——她怎麼會跟自己的兒子成為朋友。達克斯請他照顧她，他打算信守承諾。

電影獎頒獎典禮陷入一團混亂，盧克莉霞極為生氣。當他瘸著腳走上好萊塢劇院的屋頂，說他為了跟她在一起，拋棄了兒子，說他對世界的願景跟她一樣，她內心掙扎，不知是否該相信巴弟。她的自尊心很強，卻又想相信他，於是她明白告訴他，自己可以馬上殺了他，接著指示傑拉德將他的兩手綁起來，用頭套罩住他的頭。

他們飛行了將近四個鐘頭後抵達第一站，讓剛把基因改造的小麥象鼻蟲釋放到美國穀物帶的柯雷文可以上直升機。直升機加油時，傑拉德取下頭套，拿水給巴弟喝。在重新罩上頭套前，巴弟瞄到一塊招牌寫著阿布奎基，之後他們又回到空中。

直升機每隔四小時需要補充燃料。他們徹夜飛行，巴弟默默在腦中繪出路線。落下又升起的太陽顯示他們是往南飛。到第三站時，柯雷文用力把他拖下直升機機艙，押著他走入一棟建築物，並推進房間裡。脫下頭套後，巴弟發現自己在一間陳設簡陋的臥室裡。

傑拉德端來咖啡、水果和甜麵包喚醒他，並告訴他，他們很快就要離開了。巴弟猜測他們是在墨西哥城附近，他被重新罩上頭套帶到直升機時，聽見有人在說西班牙語。

「親愛的，耶誕節快樂。」盧克莉霞．卡特爬上直升機時說。一想到達克斯在耶誕節獨自一個人，巴弟的心就揪起來，不過他保持面無表情。

直升機又停下來加油三次，他再度被放進房間睡覺。這次他們在地面上停留了兩天，等待暴風雨過去。當他們再次登上直升機時，他問盧克莉霞·卡特為什麼不搭飛機。她回答，向全世界的領袖宣戰以後，避開機場是謹慎的選擇。畢竟現在所有最有權勢、最危險的人全都在澈底搜查整顆星球，找尋她的蹤影。

這似乎是他們最後的一段旅程了。直升機下降時，巴弟閉上雙眼。在黑暗中等待的是他黑眼珠的兒子，將他心愛的兜蟲緊緊抱在胸前。巴弟滿懷慈愛、無聲的為他勇敢的兒子祈禱，然後將蒙住的頭轉向盧克莉霞·卡特。

「露西，我想要謝謝你。」他察覺到盧克莉霞·卡特的頭轉過來面向他。她最大的弱點，似乎是那股對他從大學時代殘留下來的感情。巴弟決定盡可能利用這一點，獲得她的信任，然後套出情報，他需要找出方法擊垮她的帝國、阻撓她的計畫，「容許我參與你輝煌的未來願景。」

「啊，巴索勒繆，」她回答道，「你很快就會發現我正在實現你所有最瘋狂的夢想，光說『謝謝』兩個字是不夠的。」

3 泰坦大天牛

「你們覺得她是哪種甲蟲？」達克斯說，他埋頭在《昆蟲蒐集手冊》的書頁中。

「誰？」柏托特從窗邊的守望崗位問。達克斯拒絕開門後警車已經離開，不過他們說還會再回來。「盧克莉霞．卡特？」

「對，假如她從甲蟲身上提取DNA，加到她自己的DNA裡，嗯，世界上有那麼多不同種的甲蟲，她一定是選了某種特定的甲蟲，可是到底是哪一種呢？」

「這是個好問題！」薇吉妮亞從沙發上跳起來，走到掛在牆上的線索布告欄前，檢視盧克莉霞．卡特盤旋在好萊塢劇院舞臺上方的照片。

「要是我們知道她是哪種甲蟲，也許就能夠找出她的弱點。」達克斯說。

柏托特走到書架前，這個書架沿著麥西伯伯公寓和隔壁大賣場廢墟之間的分隔牆排成一排。他們三個已經將麥西伯伯的考古學藏書全部換成能夠到手的所有昆蟲書籍，包括他們從各自家裡、學校，和圖書館借來的書。

「我認為她是泰坦大天牛，」達克斯說著把他的書轉過來，好讓其他人能夠看到照片，「她的體型、大顎，和眼睛，看起來像泰坦大天牛。」他用手指輕敲一下頁面，打了個寒顫，想起怒目俯視他的那兩顆黑得發亮的球體。

「世界上體型最大的甲蟲！」薇吉妮亞倒抽口氣，看看達克斯的書，又看向牆上的照片，然後再轉頭回來。「我敢打賭，你說得沒錯。」

「我們是不是應該多學點甲蟲的解剖學？」柏托特盯著達克斯的書問。

「解剖學？」薇吉妮亞皺起眉頭。

「對，了解牠們的內臟分布，」柏托特回答，「這樣我們就能弄清楚盧克莉霞．卡特的……身體構造。」他用手指在自己的軀幹上比劃。「也許可以幫助我們發現她的致命要害。」

「對。」達克斯點頭，快速翻閱一遍書頁。「我們或許能夠找到擊敗她的方法。」

「就像對付吸血鬼一樣！」薇吉妮亞說。「必須用木樁刺穿他們的心臟。」她假裝拿木樁刺達克斯，達克斯大笑起來。

「擊敗她？」柏托特一臉害怕。

「我們可能不得不那麼做。」達克斯點頭。「她會不假思索的殺掉我們。」

「甲蟲有心臟嗎？」薇吉妮亞好奇。

「我想應該有。」達克斯翻到書後面的索引。「雖然，我知道牠們沒有肺，因為牠們是透過氣孔呼吸。」他找到了參考頁，翻到圖解。「這裡說昆蟲身體有條肌肉能把血液推送到全身。」他看向薇吉妮亞。「那肯定就是牠們的心臟了，對吧？」

「甲蟲有血液？」薇吉妮亞問。

達克斯點點頭。「叫做血淋巴，通常是黃綠色。」

「綠色！」柏托特的眉毛挑起來，他抬頭看向牛頓。

「對，或者淡黃色。和我們的血液功能相同，有抗體可以保護甲蟲，避免牠們生病，還有幫忙治癒傷口等。」

「但是盧克莉霞．卡特不是吸血鬼，」柏托特說，「我們不需要消滅她，我們只需要讓警方去逮捕她。」

達克斯用銳利的眼神注視他朋友。「可是萬一我們真的需要……你知道的？」

「知道什麼？」柏托特皺了皺眉。

「殺了她？」薇吉妮亞的兩眼睜大。

「哦，不會吧！」柏托特的兩手飛快摀住臉頰。

「盧克莉霞．卡特打算餓死幾百萬人耶。」達克斯搖了搖頭，「要是我們不阻止她，他們全都會死掉。」

「她還沒有行動啊。」薇吉妮亞說，「也許她會改變心意。」

「萬一她想要殺諾娃或史賓賽，或者我爸爸怎麼辦？」達克斯低頭看著泰坦大天牛的照片。他們想做的事情太過艱鉅，沉重的壓在他心上。「要不是甲蟲救了我，我早就死在電影獎頒獎會場裡了。」他的腦中充斥著盧克莉霞・卡特那巨大口器的畫面：反光的黑色嘴巴，如針一般尖利的大顎。一回想起她的口氣，臭得像腐爛的水果，還有墜落的感覺，他就發抖。「而且如果不是我爸爸出手解救，巴克斯特也會死在她手上。」他凝視兩個朋友。「我們必須做最壞的打算。」

「達克斯，如果我們殺死她，」薇吉妮亞輕聲說，「我們不就成了凶手？」她看向柏托特。

「我以為你爸爸教你要愛護生命。」柏托特低聲說。

「那時他的生命並沒有陷入險境，」達克斯說。「現在他在那裡，冒著一切風險去阻止盧克莉霞・卡特。」

「不過，他並不是想要殺了她。」柏托特回應。

「達克斯，」薇吉妮亞的褐色眼睛睜大，直盯著達克斯。「我想我沒辦法下手殺了盧克莉霞・卡特。我的意思是說，我喜歡冒險，我知道在了解永續農業和所有事情之前，我常常吃肉，但是要我有目的的殺人？我不確定自己是否下得了手。就算盧克莉霞・卡特是個萬惡的人渣。」她咬了咬嘴唇。「我也沒辦法，你知道的……扣下扳機。」

「我可以，如果我非動手不可的話。」達克斯咬了咬牙。「要是她打算傷害我爸的話。」

「別誤會我的意思，」薇吉妮亞搖搖頭說，「不過我認為你也不是下得了手的那種人。」

「我爸爸只能靠我了。」達克斯聽見自己的聲音在顫抖，吞嚥了一下口水。

柏托特伸手搭在達克斯的手上。「我們會把你爸爸救回來的。」

薇吉妮亞點頭。「而且我們會找出方法阻止盧克莉霞．卡特的甲蟲大軍，不過她必須遭到逮捕，並且招供。只有這樣才能洗刷你爸爸的罪名。」

達克斯遮住臉龐。「啊！」他發出一聲低吼。「你們知道這裡面最荒唐的事情是什麼嗎？」

「嗯，所有的事？」薇吉妮亞無奈的攤手。「我的意思是，一個發瘋的甲蟲女人想要接管地球？我可以理解為什麼沒有人願意相信這件事情正在發生。」

「不對。最荒唐的事情是，假如盧克莉霞．卡特可以用她的甲蟲做到這些事，」他指著釘在牆上那些報紙文章裡遭到摧毀的農作物照片，「想想看，如果帶領這些甲蟲的人並不是想要征服世界，而是想要治癒這顆星球，那牠們能夠做多少好事。」

達克斯聽到鑰匙叮叮噹噹的聲音，門開了，接著腳步聲爬上樓梯。麥西伯伯穿著他那套探險服裝：探險的短褲、襯衫和帽子，跌跌撞撞的走進客廳，後面跟著身材矮胖、戴眼鏡的莫蒂席拉．布萊斯威特，她抱著一大堆捲起的地圖。

「我回來了，」麥西伯伯向三個孩子打招呼，「我帶了莫蒂和艾莉絲來。艾莉絲在燒開水。」

「騰出一些桌面的空間來，」莫蒂下指示，她的三層下巴像波浪般抖動。「我拿了南美洲的地圖來給你們看。」

「警察剛才來過這裡，」達克斯說，他和薇吉妮亞、柏托特圍著桌子跪下。「我沒有讓他們進來，不過他們想跟我們談談。」

「他們現在要談嗎？嗯，他們得等一下了。」

「他們說他們會再回來。」

麥西伯伯指著甲蟲的充氣戲水池。「這裡有沒有飛行好手，可以派去把風？」

達克斯點頭，「瓢蟲是速度最快的。」他舉起一隻手，六隻紅黑雙色帶有斑點的甲蟲飛落他的手掌上。他走到窗邊，把窗戶打開一點點。「分成兩組，守在馬路兩端，」他小聲說，「要是看到警車，就是藍白相間、車頂閃著燈的那種車輛，就盡快回到這裡。」在研究甲蟲的飛行模式時，他明白了為什麼盧克莉霞・卡特會用黃色瓢蟲來當眼線。牠們能夠用極快的速度飛到驚人的高度，而且可以長距離飛行。謝天謝地，自從她離開英國後，他們就幾乎沒有發現她那些致命的十一星黃色瓢蟲。

達克斯坐回原位後，麥西伯伯展開南美洲的地圖。「如果警察再來的話，我們得在他們敲門之前離開這裡。你們的行李都打包好了嗎？」三個孩子點點頭。「很好。那麼，我們就進入正題吧。」他撫平地圖邊緣，他們五個人俯身看地圖。「在電影獎時，你父親寫在紙片上交給你的座標，」麥西伯伯伸出一根手指放在地圖上，「是這裡。」

達克斯的眼睛貪婪的查看，汲取資訊。「在厄瓜多？」

「西北部。」麥西伯伯點頭。莫蒂遞給他另一張地圖，他攤開地圖後放在第一張上面。「這張是那個地區更詳細的地圖。」他用一根手指摸過地圖頂端，另一根順著左手邊摸，最後兩根手指會合在一起。「如果我們能夠相信法國管家給你父親的座標，那麼這裡就是盧克莉霞．卡特建造祕密實驗室『百歐姆』的地方。」

巴克斯特從達克斯的肩膀上振翅飛下去，快步走到麥西伯伯指著的地點。

「蘇馬科納波．加勒拉斯國家公園。」柏托特唸出來。牛頓興奮的閃爍光芒嘶嘶作聲。

「我爸爸就在那裡。」達克斯目不轉睛的盯著一連串扭來扭去的等高線，那意味著百歐姆在半山腰上。

「我問過在洛杉磯與基多之間所有機場的聯絡人，看起來盧克莉霞．卡特似乎不是搭飛機移動，這很合理，如果她不想讓人知道她要去哪裡的話，」莫蒂說，「而且自從電影獎她消失在空中後就沒有人再見過她。」

「她消失了？」薇吉妮亞問。

莫蒂點一下頭。「如果她全程都是搭賽考斯基S-92的話，」——看到孩子臉上茫然的表情，她停頓下來——「就是她的直升機，嗯，賽考斯基S-92每飛一千公里就需要補充燃料，因此她從洛杉磯飛到這裡要花費好幾天的時間。」她指向地圖，「起碼四、五天，而且那是假設他們只在需要加油的時候停下來，不過在惡劣的天氣下沒辦法飛行，再加上他們需要短暫休息，飛行員必須睡覺吃飯。」她把頭歪向一邊，一秒後又歪向另一邊。「我估計像這樣，想要避免被看到，大多得在夜間飛行的旅程，可能要花上十或十一天。」

「那表示，」達克斯用兩手數算日子，心裡突然萌生一股正能量，「我爸才剛到達那裡。」

莫蒂點了點頭。

客廳的門打開了，艾莉絲・克里普斯端著一盤茶、柳橙汁，和餅乾進來，她穿著印花罩衫和海軍藍的背心裙，一頭有彈性的灰髮綁在後面。「哦，你們竟然沒等我就開始了。」她責備他們，一面放下托盤。

薇吉妮亞立刻撲向餅乾。

「艾莉絲，請你原諒。」麥西伯伯道歉。

「克里普斯太太，我們曉得你兒子在哪裡了，」達克斯說，「史賓賽在厄瓜多。」

「他在蘇馬科納波・加勒拉斯國家公園。」柏托特指明。

「離這裡好遠。」克里普斯太太凝視著地圖，眨了眨眼。

「如果有飛機的話就不算遠。」莫蒂溫柔的說。

「我們有啊！」薇吉妮亞跳起來跪著，把餅乾屑撒得到處都是。

「首先，我們得去ＩＣＥ和昆蟲學家談談。」克斯提醒他們。「我爸說，去找昆蟲學家，他們會幫助你。」他看向麥西伯伯。

「沒錯，我們會需要他們幫忙。我毫不懷疑這點。」麥西伯伯點頭。「每天都有新的甲蟲入侵的報導，可以確定的是，更糟的還在後頭。因為盧克莉霞．卡特才剛開始而已。」

「ＩＣＥ？」克里普斯太太的前額皺了起來。

「國際昆蟲學會議。」柏托特解釋。

「就在後天。」達克斯說。

「我們早上飛到布拉格參加會議，然後直接從那裡前往厄瓜多，」麥西伯伯說，「我原本想今晚待在這裡，但是如果英國警察部隊認定我們應當協助他們調查，那當他們來敲門的時候，我寧可不在。」他動了動眉毛。「萬一遭到逮捕，那不如打亂計畫。」

「他們為什麼要逮捕你？」達克斯震驚的問。

「嗯，出現在洛杉磯電影獎的不是只有巴弟，對吧？我也在場。」他看達克斯一眼，然後轉向薇吉妮亞和柏托特，「還有你，跟你和你。」

「你是說他們可能逮捕我們所有的人？」柏托特尖聲說。

「有可能。」麥西伯伯點頭。

「好吧，拿起你們的包包。」艾莉絲．克里普斯站起來，從背心裙口袋掏出車鑰匙。「叫甲蟲進箱子裡。你們全部都到我家過夜吧。」

所有人馬上行動起來。莫蒂將地圖捲起來，達克斯走到充氣戲水池旁邊敞開的旅行箱前。

「大家都進去，」他指著擁擠的嵌在箱內的橡木覆蓋物裡的紙杯說，「盡快。」

巴克斯特匆匆飛下去，停在戲水池充氣的池壁上，抽動著觸鬚。基地營甲蟲排成一列列經過他旁邊。

麥西伯伯將遮陽帽胡亂戴在頭上。「好了，記住，我們絕對不能讓人知道百歐姆的位置，連朋友也不能說。我們甚至不能洩漏自己知道地點。現在全世界有一半的人在尋找巴弟和盧克莉霞．卡特。我們必須確保我們能趕在其他人之前先找到他們。」

「可是，你們為什麼不告訴政府單位她在哪裡呢？」克里普斯太太問。「讓他們去對付她。」

「因為，艾莉絲，他們很有可能會投下大量的炸彈，把那個地方炸上西天，」他回答，「我們不想拿史賓賽或巴索勒繆的性命來冒險，對吧？」

「或是諾娃的。」柏托特補了一句。

「喔！」艾莉絲．克里普斯激烈的猛搖頭。「不，我們絕對不想那麼做！」

「沒必要一臉驚慌的樣子，達克斯，」麥西伯伯對他笑了笑，「我很確定盧克莉霞．卡特早就預料到會有報復了。她的所有眼線一定會密切留意天空，好好保護她的百歐姆。」

「你真的這麼認為嗎？」達克斯問，他的胃恐懼得緊緊揪成一團。

「對，我真的這麼認為，而且這樣的威脅會讓我們占有優勢。」

「會嗎？」柏托特看起來和達克斯一樣害怕。

「會，因為我們會在地面上，看起來像個正在度假、無害的小家庭。」

「看起來很奇怪的家庭。」薇吉妮亞咕噥著說。

「正是這樣。」麥西伯伯點點頭。「所以才沒有人會懷疑我們肩負著拯救世界的使命。」

4 亨里克·蘭卡

「夫人，我們要降落了。」傑拉德大聲說，聲音壓過直升機螺旋槳槳葉規律的振動聲，以及暴雨如機槍般的嘎嘎聲。

「很好，叫蘭卡出來接我們，」盧克莉霞回應。「柯雷文、丹奇許，你們直接到保全棟做好迎接任何對百歐姆攻擊的準備。派出生化機器甲蟲。」

「是的，夫人。」柯雷文吼著回答。

「蘭卡？亨里克·蘭卡？你說過他不會再跟你一起工作了。」巴弟儘量裝出惱怒的聲音。「你是想要讓我嫉妒嗎？」

「他不是跟我一起工作——他不是在實驗室裡。他缺乏想像力又庸俗的愛錢，」盧克莉霞答覆，「我一發現他洩漏消息給一個名叫愛瑪·蘭姆的記者，就把他趕出研究小組了。他打算把我的祕密賣給她。」

「那他一點也沒變啊。」巴弟用挖苦的口氣說，盧克莉霞哼了一聲。

「我應該殺了他，不過他求我饒他一命，看在老交情的份上，我就留他一條命。但是我不能讓他離開去告訴全世界我在做什麼，所以他現在在百歐姆擔任設備經理。」她的語調裡帶了點消遣的意味，「負責維護環境衛生，」她大笑起來，「我讓他打掃廁所。」

直升機降落時，巴弟感覺胃騰空升起。有人一把摘掉他頭上的麻袋。他眨了眨眼，瞇起眼睛，適應突如其來的日光。

「我們到了。」盧克莉霞．卡特深不可測的複眼帶給他極大的壓迫感。她在電影獎上扔掉了墨鏡。「你想過來跟你的老朋友打聲招呼嗎？」

「我從來沒說過亨里克．蘭卡是朋友，」巴索勒繆答覆。他抬起被綁住的雙手。「也許你可以先幫我鬆綁。我更希望他沒有機會享受看我遭到監禁的樂趣。」

盧克莉霞伸出手用爪子一劃，割斷了繩索。「在這裡沒必要拴住你。」她用墨黑的眼睛凝視著他微微一笑。「你要是逃跑的話，叢林會讓你死得比死在我手中更痛苦。」

柯雷文、丹奇許，和毛陵跳下直升機，進入滂沱大雨中。傑拉德下了直升機，撐開傘，繞到諾娃旁邊的門，伸出手想扶她下來。

盧克莉霞．卡特轉身面向他。「不行！」

傑拉德僵住不動。

「你離那丫頭遠一點。你太過感情用事了，傑拉德，我從你看她的眼神中看出了這點。你不許再接近她。」

傑拉德往後退了兩步，低下頭。

巴弟端詳諾娃。她一臉漠然，面無表情。

盧克莉霞轉向她的保鑣兼司機，她正從駕駛的座位輕輕跳下來。「玲玲，把那丫頭帶去牢房。」

諾娃站起來，下了直升機，徑直走過法國管家身邊，沒有看他一眼。她經過時，他遞出雨傘，她接了下來。

巴弟旁邊的門開了。毛陵抓住他的手臂，猛然將他拽到地上。

「謝謝你幫忙啊。」巴弟仰頭怒目瞪著這個肌肉發達的摔角選手，他穿著黑色背心和迷彩襯衫，襯衫的鈕釦沒扣。「不過我可以自己走。」他還想再多說兩句，但眼前的景象讓他閉上嘴。在直升機起降場的空地盡頭，有一棟由玻璃和鋼鐵製成的六角形結構所建構而成的巨大圓頂建築，聳立在鮮綠的雨林枝葉裡，高度伸入樹冠層之中，大小和體育場差不多。巴弟先發現了一棟建築，接著看到更多棟，與主建築物保持一段距離的衛星圓頂建築。他站在那裡驚奇的凝望著，從天空落下的雨水如河流般源源不斷，淋得他渾身溼透。

毛陵發出哼聲推了他一把。巴弟踉踉蹌蹌的往前走，盧克莉霞跟上他的腳步，走在他旁邊。「你覺得怎樣？」她咯咯笑著說。「這是不是最適合當實驗室的地方？」

「這真是令人難以置信。」他低聲說。

她趾高氣揚的走向那棟圓頂建築，步伐急切，巴弟匆忙跟在她後面。「從上面是看不見這裡的。」她宣稱。「而且你所能看到的，」她揮手指向圓頂建築，「只是冰山的一角。三分之二的設施都在地下。」

「三分之二？」巴索勒繆懷疑的環顧四周，發現百歐姆沒有明顯的入口。中央的圓頂建築與外圍六棟較小的圓頂建築之間，生長著茂密的植物，以及樹齡超過百年、高得難以想像的吉貝木棉。

盧克莉霞．卡特走到降落場邊緣時，地面上開啟了一個長方形的洞口，大小如廂型車。一扇青草覆蓋的隱形門往下沉，滑出視線，顯露出一條傾斜的地道。盧克莉霞．卡特搖晃著身體走下斜坡時，燈光閃爍著亮了起來。

巴弟跟著她走出傾盆大雨，踏上白石地板。地道裡，牆壁的材質是光滑的白色聚碳酸脂，天花板上有鑲嵌成棋盤圖案的燈。他們前方升起了一扇六角形的巨門。一個身材高大的男人站在門口，他留著銀金色的刺蝟髮型，眼睛呈冰藍色，表情嚴肅。他用毫不掩飾敵意的眼神盯著巴索勒繆．卡托。

「亨里克．蘭卡，」巴弟沒有伸出手，只說：「好久不見了。」

5 阿卡迪亞[1]

盧克莉霞·卡特大步走過亨里克·蘭卡，他轉身背對巴弟，急匆匆的跟在她旁邊。

「露西，我真高興你回來了。我——」

她擺了擺手叫他閉嘴。「為巴索勒繆在住宿棟準備長戟大兜蟲套房。確保他住得舒適。他要什麼就給他什麼——還有，亨里克——對客人親切一點。」

巴弟落後一、兩步，跟著他們。

「長戟大兜蟲套房？」亨里克咆哮著說。

「我就是那麼說的。走開。」

「可是我需要聽聽——電影獎頒獎典禮上發生了什麼事？你們動手了嗎？」

「我們釋放了小麥象鼻蟲並昭告全世界。所以百歐姆進入高度警戒狀態，已經派生化機器甲蟲到雲霧林的樹冠層去監視天空。」

1古希臘以純樸寧靜的田園生活著稱的小山區，後來引申為世外桃源。

「那麼我應該協助你，而不是去幫**他**拍鬆枕頭。」他猛然伸出大拇指朝身後的巴弟一比。

盧克莉霞．卡特用甲殼質爪子揪住亨里克．蘭卡的衣領，把他抬離地面。「這關係到我的性命安危，我絕對不會准許你參與百歐姆的防衛工作。」

「拜託！那是誤會。我要怎麼做才能向你證明——」

她扔下他，他踉蹌的往後倒，跌在地上。盧克莉霞靠單根爪子轉身，搖搖晃的穿過另一扇升起的六角門。巴弟的目光隨著門往上抬，發覺自己正凝視著一座翠綠的天堂，充滿了花草樹木、甲蟲、鳥類和獸類。

「你為什麼帶他來這裡？」亨里克．蘭卡咆哮。「他不是我們的一分子。他會背叛你。」

「就像你一樣？」盧克莉霞厲聲說，回頭怒目瞪著他。他別過臉去，避開她灼熱、憎恨的視線。她用人類的手朝他一揮。「巴索勒繆在長途旅行之後勢必餓了。去廚房幫他點些食物，送到他的房間。」

亨里克氣憤的瞪著盧克莉霞，再看向巴弟，然後迅速爬起來，怒氣沖沖的走開。

「玲玲，我要百歐姆狀態的最新消息。我們需要準備好應付任何事。」

玲玲從巴弟身邊站出來，巴弟嚇了一跳。他完全沒察覺到她在那裡。她鞠了個躬後就走開了。

「那麼，」盧克莉霞滿意的哼著說，「你覺得我的阿卡迪亞棟怎麼樣？」

「我，我，我不曉得該說什麼，」巴弟結結巴巴的說，「這是我從來沒見過的東西。」

「往這邊走。」盧克莉霞伸出人類手臂挽著他的手臂，帶領他進入巨穴般的圓頂建築。「一旦見過阿卡迪亞，你就會認為諾亞方舟不過是艘小船。」

一條河川流過遼闊的空間，在建築物的一邊湧現，從另一邊奔流出去。在較近的河岸上，他看見三隻大河龜，另外在河對面有一家子巨獺。

「小心火蟻。」盧克莉霞指出，巴弟看見他的右腳離一列忙碌的火蟻僅僅一公分，牠們正重創行進路線上的一切。「還有別去游泳，除非你想被肉食性的龍蝨或食人魚咬。」

「這一切全是你創造的？」巴弟說，他聲音低沉嘶啞，喘不過氣來。「真是令人難以置信。」他微微搖一搖頭，把視線轉向上方，望著在他上面一百公尺處由鋼鐵和玻璃組成的透明六角形屋頂。暴雨已經過去，灰濛濛的霧逐漸散去，露出藍天。「這地方在這裡多久了？你是怎麼建造起來的？你用什麼方法在這裡植樹種草？你怎麼有辦法弄到土地？」問題從他嘴裡接二連三的衝出，沒有留給她回答的時間。「我的意思是，我們在亞馬遜耶！你究竟是怎麼得到許可的？」

「厄瓜多政府欠了一筆債，」盧克莉霞答覆，「他們考慮把一大片雨林賣給出價最

高的石油公司鑽探石油。我插手干預，提出與最高出價相同的金額，為我的研究要求一塊較小的土地，只有一百萬公頃。我保證不鑽探石油，並且保護生活在這裡的原住民部落。在我死後，這塊土地就由他們繼承。」

「別假裝你關心原住民部落。」巴弟無法掩飾他的驚訝。

「正好相反。」盧克莉霞轉頭看別處。「他們是雨林生態系統的一部分。我非常樂意保護他們。」

眼前所見所聞令巴弟驚訝得說不出話來。他挺起胸膛，站直身體。他的頭不再感覺沉重。搭直升機長途旅行的疲累和痠疼都消失了。「那麼，你一直在說的知名實驗室在哪？」

「在這兒啊，就在阿卡迪亞棟裡。」盧克莉霞回答，似乎覺得好笑。「還有在我們下面，」她用甲蟲爪子踩踩泥土路，「這裡是我的昆蟲農場。」

「昆蟲農場嗎？我好想看看。牠們全是基因改造的？我得承認我對生化機器甲蟲很好奇？那是什麼？」

「一樣一樣來吧，巴索勒繆。」盧克莉霞走出小徑，撥開如瀑布般懸垂的攀緣植物，顯露出電梯的金屬門。「你好像進入糖果店的小孩。」

「好奇怪啊。我覺得身體比之前輕盈、強壯……」巴索勒繆跟著她走進電梯，「……而且年輕！」

「那是因為阿卡迪亞棟裡的空氣富含氧氣，含氧量設定在百分之三十。」

「比地球的大氣層多了百分之九。」巴索勒繆端詳盧克莉霞．卡特的臉，一半人類，一半甲蟲。複眼位在人類鼻子的上面，沿著鼻子下去是巨大的口器、發育未完全的大顎及胡亂擺動的口唇鬚，這些全都在人類的頭蓋骨內。她不再戴墨鏡和假髮，因為不需要再隱藏她的真面目。他倒吸了一口氣。「你把巨蟲帶回來了！」

「哈！這不是什麼精采的推論，因為答案就在你眼前啊。」她用誇張的手勢比向自己的身體時，電梯門開了。「說真的，巴索勒繆，好好跟上。」

巴弟必須加快腳步才能趕上她巨大的步伐，在充滿氧氣的空氣中慢跑竟然如此輕鬆，令他感到驚嘆。他感覺棒極了。「你喜歡六角形啊。」

「六角形跟科學一樣接近魔法，」盧克莉霞回應。「大自然喜愛六角形；只要問蜜蜂就知道了。或者仔細看我的眼睛──」她轉過來好讓他看清楚，「就是由六角形的細胞構成的。」

巴弟走近盧克莉霞一些。「好美啊！」他說著目不轉睛的審視她的臉。

她呆住了，脖子往後退縮，避開他的凝視。當她背後的門升起時，巴弟很想知道，在所有的甲殼質和憤怒之下，她是否對他仍有感情。雖然她成功的說服他──她已經沒有任何感情，但是他覺得剛才有感覺到了一絲火花。

她轉身走開，走進實驗室。「我想介紹你認識一個人。」

實驗室是開放式的六角形平臺，只有兩堵實心的牆。一道銀色欄杆高度及腰，將實驗室與阿卡迪亞的叢林區隔開來。一名身材非常瘦削的年輕人，身上的實驗袍顯得過大，他站在強化玻璃牆前面傾斜的桌子前，桌上滿是旋鈕和開關。在桌子末端有扇長方形的強化鋼板門，那是進入玻璃後面房間的唯一出入口。房間裡，巴弟看到一臺圓柱形設備，從地板一直延伸到天花板。**那一定是蛹室！**他凝視懸浮在圓筒液體中的巨大蛋形膠囊，目光緊跟著那團在膠囊底部縈巢的金屬線與管子，想知道這臺機器如何運作。

「這位是史賓賽。」盧克莉霞的臉反映在實驗桌拋光的白色桌面上。「他是百歐姆的實驗室助理。」

「卡特夫人！」史賓賽低下頭，方框眼鏡後頭的眼睛猛眨。「您回來了！」

「史賓賽，這位是巴索勒繆．卡托博士。他來跟我們一起工作。我要你帶他四處參觀，說明一下我們這裡的做法。你以後要協助他。」

「好的，夫人。」巴弟與他握手時，史賓賽一臉震驚。「先生，請您見諒，不過您是**那位**巴索勒繆．卡托博士嗎？」

「是的，我想我就是卡托博士本人沒錯。」巴弟回答，注意到有隻大的糞金龜從史賓賽實驗袍的胸前口袋探出頭來。

「非常榮幸認識您，先生。」史賓賽露出笑容，眼鏡下面天使般的臉頰圓鼓鼓的有如酸蘋果。巴弟暗想他真是年輕，只比達克斯大個幾歲。

「你叫我巴弟就好。」他伸出一手按住史賓賽的肩膀。

「夠了，」盧克莉霞說，「他還有工作要做。」

巴索勒繆對史賓賽眨個眼，然後大步跟在她後面。

「百歐姆的基地是六角形的，」她邊走邊說。「阿卡迪亞棟是配合那條河設計而成。我們利用水流發電，給發電機充電。」

「你們利用河流提供這整個地方的電力？」

「我們位在瀑布邊緣，水流非常強勁，不過不是全部仰賴水力發電，我們也利用太陽能。」

「了不起。」巴弟回應。

「在阿卡迪亞棟的每一邊都有棟較小的圓頂建築，由地下通道相連。」她舉起手來指著他們正經過的這棟建築。「你需要知道的是住宿區、醫務室、生活補給棟，那裡有休閒娛樂空間。」

「哦，你們有乒乓球桌嗎？」巴弟朝盧克莉霞展露迷人的微笑。「我喜歡打乒乓球。」他聽見史賓賽壓抑的倒抽氣聲，不過盧克莉霞沒理會他的冒失。「沒有乒乓球啊？真是遺憾。那其他棟建築裡有什麼呢？」

「一棟裡面有保全中心、發電機、控制設施臺，和伺服器機房，另一棟有牢房和冷藏室，最後一棟是我的個人空間。」

他們拐過轉角時，巴弟聽到水流傾洩而下的轟隆聲，突然停下了腳步，因為他看見前面一堵平板玻璃構成的牆壁。雨林的全景打動了他。**百歐姆在很高的地方**，他心想，**至少在半山腰上。**雲霧林籠罩在霧中，美麗而狂野，雨林的神祕與奧祕具有強大的吸引力。他走到玻璃前面，俯視發出雷鳴聲響的瀑布順著他腳下數百英尺高的峭壁側面奔流而下。

史賓賽走到他旁邊。「你永遠不會習慣。」

玲玲出現在通道上。盧克莉霞比了個手勢，清楚的交代他們待在原地後走去跟玲玲談話。

「史賓賽，」巴弟用急切的語氣低聲說，「聽我說，我……」

史賓賽極輕微的搖一下頭，眼睛向上瞄一眼天花板。巴弟抬頭瞧見一個黑色半圓形的小東西從天花板突出來。是攝影機。

「我，呃……只是想說，那個，嗯，我很期待跟你一起工作，還有那個……」巴弟把頭往前傾，彷彿是在點頭，等攝影機拍不到他的嘴巴時，立刻用低微但清楚的聲音說話，「**我來這裡是要阻止她，並且把你帶回家。**」他直起身體。「在這棟白色迷宮裡我可能會有點迷路，所以我需要你幫忙。」

史賓賽的目光迅速掃視巴弟的臉，找尋他說的是真話的證據。

「我好興奮，想多了解一些你們在這裡做的工作。」巴弟把兩手一拍。「盧克莉霞答應我可以在她身邊從事最尖端的科學研究。我覺得她的研究非常吸引人。她的基因轉殖進展真是了不得。她已經成為一股不可忽視的力量了。」

史賓賽點點頭。「她非常強大，現在得要一支軍隊才能擊敗她。」

「沒錯。」巴弟為攝影機使勁的點頭，卻壓低聲音說。「不過，歌利亞[2]就是敗在男孩大衛的手裡。」

「那只是故事而已，卡托博士。」史賓賽的表情讓他看起來比實際年紀大。「這是現實——非常、非常的真實。」

「史賓賽，只有講述普遍真理的故事才能流傳下來。」巴弟從玻璃的反映中看見盧克莉霞走回來，於是改變了語調。「我相信等我們進實驗室以後，一定有很多你可以教我的，我需要趕快跟上進度。」

「巴索勒繆，有件事我想讓你見證一下。」盧克莉霞說，口氣聽起來非常得意。「史賓賽可以晚點再帶你回去房間。」他們跟著她穿過一連串令人暈頭轉向的轉彎和地道，最後到達一間有白色皮沙發的房間，牆上有一臺很大的平面電視。

「你一定會喜歡這個，」盧克莉霞說著打開電視，「我給了澳洲第二個耶誕節。」她用黑色爪子指著。

全球網路新聞正在播出澳洲雪梨港的影像。他們剪輯了不少城市到沙灘的鏡頭，放眼望去盡是成千上萬隻粗壯、帶有金屬光澤的褐綠色金龜子，正笨拙的拍動翅膀爬來爬去。樹枝上滿滿的鞘翅目，把樹枝壓彎到水面。

「因為棲息地遭到破壞，可憐的耶誕甲蟲數量一直在減少，你知道嗎？我聽到這消息非常難過，所以我想送給澳洲總理幾十億隻當作禮物。」她把頭向後仰歡快的說。

新聞切換到齊利比利樓的影像，那是澳洲總理的第二官邸，在甲蟲覆蓋下幾乎看不見了。

「你希望用這種低級的把戲達成什麼目的？」巴弟問，無法掩飾他的反感。

「你曉得澳洲是世界上甘蔗產量的第二大國，僅次於巴西嗎？」盧克莉霞的後腿直立起來。「連同這些耶誕甲蟲，我送給他們總理一項提案——我提議用我的蟲重挫巴西的甘蔗產業，以交換他們對我宣誓效忠。耶誕甲蟲到澳洲去是為了證明我有能力履行約定。你看著吧，澳洲將會是第一個服從我統治的國家，緊接著是美國，他們在失去小麥收成後，非常清楚只要我一聲令下就能夠將他們的大豆收成也毀掉。」

「你在做夢。」巴弟搖搖頭。「美國總統絕對不會聽命於你。」

「是嗎？」

敲門聲響起，丹奇許放輕腳步走進來。

盧克莉霞看見這惡棍似乎挺意外。「你想要什麼？」

2《聖經》中非利士的巨人，力大無比、驍勇善戰，最後卻死在牧童大衛的手上。

「呃，我們回到直升機上去拿行李。」他停頓了一下，顯然對於即將要傳達的消息感到緊張不安。他的眼睛緊盯著地板。

「然後呢？」

「直升機行李艙的門閂壞了，所有的行李都不見了。整個行李艙是空的。肯定是在飛行途中掉出去了。」

「你這個**白痴**！」盧克莉霞生氣的低聲說，氣勢嚇人的搖晃著身體走向他。

「夫人，」玲玲不知從哪裡冒出來，「美國總統打電話來找您。」

「**哈！**」盧克莉霞．卡特立刻忘了丹奇許和遺失的行李。她猛然轉身面對巴弟，一副勝利的模樣，可怕的嘴巴咧開來笑，像是灌滿糖蜜的大坑。「你瞧？他們最後全都會向我稱臣，否則他們的人民就會餓死。」

6 直升機藏身處

「矮胖子？」皮克林氣惱的低聲喊，用瘦得皮包骨似的食指猛戳他表弟肥大的臀部。「起來！起來！你聽見了嗎？喔，我的天哪！」亨弗利呼呼大睡，惹得他一肚子火。皮克林率先爬進直升機行李艙，因為他希望發現他們的野獸先殺死、吃掉亨弗利，不過現在他被亨弗利龐大如山的軀體困在裡面，而且迫切需要撒尿。「亨弗利・甘寶，你這大白痴，給我起來！」他抬起手，重重拍打熟睡表弟的屁股。

亨弗利哼了一聲滾向皮克林，好像肥墩墩的大圓石，將皮克林壓在直升機的內壁上。皮克林拚命扭動掙扎。「你**把我壓扁了！**」他大聲抗議。

「啊？」亨弗利坐起來放了個屁。

「喔，我的……」皮克林發出作嘔的聲音。「**你的內臟臭死了！**」

亨弗利睡眼惺忪的看向皮克林。「哦，不會吧，我們還在討厭的叢林裡，是不是？」

「啊——，哈——，呃，啊！」皮克林語無倫次的說。

「噓——，他們會聽到你的聲音。剛才那只是屁股打嗝而已嘛。」亨弗利用香腸似的手指揉揉眼睛。「現在幾點了？」

「我怎麼會知道現在幾點？我們兩個人都沒有手錶啊！」皮克林惡聲惡氣的說。

「我只知道外面天漸漸亮了，我們必須趕快離開這裡，以免被逮到——或者嗆死。」

「你不小心點的話，我會先掐死你。」亨弗利威脅的舉起雙手，皮克林立刻安靜下來。「不管怎樣，那又不是我能控制的，」亨弗利嘟囔著說，「肯定是我們昨天吃的那些紫色漿果害我肚子裡都是氣體。」

他滾向行李艙門，用兩腳推開門，滑出去，再不停的擺動雙腿，直到搆到地面。等他站好了，再向皮克林伸出手，皮克林接受了他的手，依靠亨弗利的攙扶爬了下去。

外頭的氣氛一片寧靜，霧在他們四周飄蕩，好像在跳華爾滋的恐怖鬼魂。空地邊緣的樹葉飽含水分閃爍著險惡的光芒，皮克林感到十分恐懼。他很想念倫敦汙濁的空氣和發現甲蟲之前的昔日生活。但是一回想起盧克莉霞·卡特來拜訪他的那天，還有她承諾給他的錢，心臟就怦怦直跳。他們來這裡是要確保她遵守諾言，拿到他們應得的五十萬英鎊。

皮克林跟隨亨弗利進入森林，渾身的感官都提高警覺。太陽已經升起，他們不希望盧克莉霞·卡特的手下在直升機旁邊逮到他們。

直升機降落後不久，頭一次逃離直升機行李艙時，他們跌跌撞撞的走進森林外緣躲藏起來。由於行李失蹤引發了很大的騷動，丹奇許、毛陵，和柯雷文三人還爭執著由誰去向盧克莉霞・卡特報告她的行李不見了。

「假如我們承認我們在直升機裡，」皮克林擔心，「他們就會知道是我們把行李扔掉的。」

「我不懂那有什麼好大驚小怪，」亨弗利回應，「只不過是一堆衣服罷了。」

他們決定保持低調，等待能夠跟盧克莉霞・卡特本人說話的時機，再向她解釋他們把她的行李扔出直升機只是因為想和她共度一些時光。皮克林確信如果他們能夠單獨接近盧克莉霞，說明他們為了見到她所經歷的一切，她一定會受寵若驚。他在羅曼史小說中讀過，淑女都喜歡男人為了愛甘願冒生命危險，到時他們就能夠合理的談起她欠他們錢的事。

亨弗利卻不是那麼肯定，自從他們著陸以後，他就越來越暴躁。困在直升機行李艙裡十個晚上讓他有點抓狂而且餓得半死。他原本以為他們會降落在夏威夷或佛羅里達，到達海灘邊的度假別墅，因此當他們終於跳下直升機，發現自己身在叢林裡，幾百英里以內都沒有速食店時，他震驚得不得了。亨弗利有限的對話減少到只剩嘟噥、哼聲，和死亡威脅。皮克林確信要是再不快點找到食物，亨弗利一定會把他吃了。

他們不知道自己身在哪裡，或是在哪個國家，進入雨林又要冒著可能迷路或喪命的危險，因此在找到與盧克莉霞・卡特交談的方法之前，他們就被困在這裡。

在森林裡的頭一天晚上他們受盡折磨。先是被半邊身體已經化為骷髏的屍體給絆倒，那個屍體身上是白色實驗袍，卻在森林裡腐爛，於是他們判斷走近百歐姆敲門可能不是個非常好的主意。更何況在疲憊的繞完整棟建築四周後，他們發現這棟建築根本**沒有**門。筋疲力盡又心情煩躁的他們，在一棵大樹根部找到了一個洞。亨弗利認為這個樹洞可以弄成舒服睡覺的地方。他從洞裡抓了滿手的樹葉覆蓋，想把樹洞弄得舒適些，卻被住在裡面的一隻紅棕色大狼蛛給嚇了一跳。狼蛛抬起兩條前腿，發出嘶嘶聲，然後露出尖牙撲向他。亨弗利尖叫著向後摔倒，皮克林朝蜘蛛扔出一根枝條，兩人拔腿跑進森林裡。

皮克林提議他們應該睡在樹上，但是要亨弗利爬樹有困難。最後，他們同意一個人躺在倒坍的樹幹上睡覺，另一個人負責守望。亨弗利先睡。皮克林坐直身子，被夜裡吼猴揮之不去的啼叫聲嚇得提心吊膽。輪到皮克林睡覺時，他才剛打個盹就被瞪大眼睛的亨弗利搖醒，他默不作聲的指著一頭大美洲豹正從空地的角落盯著他們看。亨弗利竭盡全力的大聲吼叫，衝向那頭大貓，牠跳躍著跑開。嚇呆了的表兄弟迅速衝回直升機，跳進行李艙，關上通往雨林的門，斷斷續續睡到天亮。

在恐怖的那一夜過後，他們決定把行李艙當成寢室。白天待在森林外圍覓食，等待盧克莉霞．卡特到外面散步。他們等了又等，看見柯雷文、丹奇許，和毛陵，以及玲玲，甚至有一次看到那個法國管家，然而盧克莉霞．卡特從來不曾走到外面。

彷彿這些還不足以把他們嚇死，皮克林始終甩不掉遭到監視的感覺。也許是林中那些從樹枝和洞裡盯著他們的生物，不過他發誓他能感覺到有人在監視他們，因此只要森林裡一有風吹草動，他就嚇得跳起來轉身。

夜裡，皮克林將嬰兒毯抱在臉上，那是他的安心小毛毯，想像那是盧克莉霞・卡特的臉頰。想到她的名字，他的心臟就撲通撲通跳。他必須勇敢一點，振作自已和亨弗利的精神。他相信跟叢林搏鬥是贏得佳人芳心的方法，他將會獲得真愛與滿滿一車現金的回報。

7 鬥士與善飛的甲蟲

「我好緊張喔。」柏托特小聲說。

「不會有事的啦。」達克斯壓低聲音說。「我們只要掃描登機證，再看一下照相機，就會被排進那些隊伍裡。」他用額頭比了一下。「他們在搜查炸彈和武器，又不是甲蟲。」

「我知道，可是我的心臟跳得好快，我覺得想吐。」

柏托特的臉色的確有點發青。「等我們走到另一邊後，你就會舒服一點了。」達克斯說。

柏托特點點頭。

麥西伯伯和薇吉妮亞從機場書報攤大步走過來，後面跟著喋喋不休的凱麗絲妲・布倫——柏托特的媽媽——和客氣點點頭的芭芭拉・華勒斯——薇吉妮亞的媽媽。

「怎麼了？」達克斯問，他看見伯伯的眉頭蹙緊、表情凝重。

薇吉妮亞將《每日信報》推到他和柏托特面前。「各國政府威脅要轟炸盧克莉霞・

卡特！呃，其實，報紙上是說**你爸爸和盧克莉霞‧卡特**，不過……」

「什麼！」達克斯跳了起來。

柏托特將薇吉妮亞手中的報紙拿過來。「等一下！這裡寫說一些強權國家正在**討論**定向攻擊的可能性，並沒有說他們真的要那麼做。」他把眼鏡往鼻梁上推，看著達克斯。「可能是虛張聲勢，想要嚇唬她。」

「也有可能，」麥西伯伯點頭，「我們只能希望他們不曉得她在哪裡。」

「盧克莉霞‧卡特不是傻子。」薇吉妮亞說，「她一定早就料到會有這招，應該已經做好準備了。我敢肯定你爸爸很安全，達克斯。」

「你們幾個孩子在聊什麼，表情那麼嚴肅？」芭芭拉‧華勒斯問，她和凱麗絲姐‧布倫走近他們。

「沒什麼。」柏托特說，他露出甜甜的笑容，將報紙折起來夾到腋下。

「你全都準備好要走了嗎？親親小柏？」柏托特的臉紅了，凱麗絲姐‧布倫咯咯笑著道歉。「哦！不，對不起，我忘了。我不該再那樣叫你的。我真笨。」

「對啦，媽，我準備好了。」柏托特站起來，讓媽媽擁抱他。「輕一點，」他小聲說，「記得嗎？我有螢火蟲！」

「當然囉，親愛的，我怎麼會忘記呢？我還熬到半夜，幫你的西裝外套縫上新的內襯呢。」

「噓——」柏托特瞪著母親。

「哦，親親……我是說，柏托特。」她滿懷柔情的捏捏他的下巴。「又沒有人在聽！」

達克斯咧開嘴笑，柏托特討厭違反規定，不過他們認真思考了很久要如何把甲蟲帶到布拉格，再到厄瓜多進入亞馬遜，所能想到最好的主意是將基地營甲蟲分到他們幾人身上。柏托特有二十七隻躲進縫在西裝外套內襯小口袋裡的螢火蟲，不過牛頓依舊待在牠最喜歡的地方，窩在柏托特濃密的白色捲髮深處。達克斯帶的是鬥士和善飛的甲蟲，包括泰坦大天牛、放屁步行蟲、長戟大兜蟲、阿特拉斯大兜蟲、虎甲蟲，與糞金龜，藏在帆布腰帶的小袋子以及褲子口袋裡。三個孩子都穿著卡其戰鬥褲，每條褲管上都有多個口袋，為徒步進入叢林預作準備。巴克斯特和體型最大的甲蟲躲藏在腰帶上的暗格裡。體型較小的甲蟲，如放屁步行蟲、虎甲蟲，和糞金龜則分散到褲管的口袋，裡頭鋪著橡木覆蓋物和溼潤的苔蘚。

薇吉妮亞的褲子口袋裡，則帶了粗腿金花蟲、瓢蟲、長頸象鼻蟲，和吉丁蟲。馬文偽裝成髮圈，緊緊環抱住她的髮辮尾端。

他們各自帶了一個雙肩背包，裝著芭芭拉．華勒斯在耶誕節時送他們的求生包，還有可攜式吸蟲管、睡衣、內衣、盥洗包、連帽風雨衣，和T恤。他們必須輕裝旅行：只托運了一個大旅行箱，裡面裝了所有照顧甲蟲需要的裝備，外加每個人的折疊刀、睡袋及露營用具。

「好了，我們該去辦理出境手續了，」麥西伯伯說著，邊看向達克斯，「你準備好了嗎？」

達克斯點點頭。

「跟我來吧。」麥西伯伯說，薇吉妮亞和柏托特跟他們的母親吻別。

「祝你好運，」芭芭拉・華勒斯對女兒說，「薇吉妮亞，我非常以你為傲。」

達克斯看見她眼中湧出淚水，便轉身面向麥西伯伯，不想打擾她們。

「只要拖延到我觸動所有的警報就可以了。」麥西伯伯說，他們掃描了登機證，凝視著照相機拍了照。他大步走在前面，向指示他們加入哪條隊伍的女士舉帽致意。

達克斯、柏托特，和薇吉妮亞各自走近輸送帶，將外套、背包放進塑膠托盤。麥西伯伯將他的托盤緩緩推向X光機，然後走近人體掃描機踏了進去。一聲尖嘯聲響起，閃爍的燈熄滅了。掃描機另一側的男人請他倒退回去，但是麥西伯伯反而走向那人。

「我說啊！那個噪音是什麼意思？」他大聲驚叫。

「先生，拜託！」安檢人員咆哮著說。「退回機器那邊去。」

「你覺得會不會是我的手錶造成的？」麥西伯伯捲起袖子，露出一只沉甸甸的金屬大錶。

「先生！請你退後！」

達克斯用拇指滑過腰帶，解開扣環。「巴克斯特，你們準備好了嗎？」他低聲說，一雙雙閃亮的眼睛從打開的暗格裡仰望著他。

麥西伯伯朝錯誤的方向倒退。安檢的人失去耐性，吹了聲哨子。站在孩子那一側的人體掃描機旁的女安檢人員走上前去幫忙同事。達克斯迅速拿出兜蟲拋上空中。巴克斯特啪的一聲張開翅鞘，琥珀色的翅膀快速拍動，將牠往上推。

「去！去！去！去！」達克斯悄聲說，其他所有的甲蟲都起飛，跟隨巴克斯特飛上機場挑高的天花板。

「啊——！」一個女人大聲尖叫指著。**「蝙蝠！」**

柏托特走向女安檢人員。「現在輪到我通過機器了嗎？」他問。

「不行，孩子，這個人得回來再走一次。」

「這是誰的袋子？」X光機後面的安檢人員問。

「哦！那是我的！」麥西伯伯大聲驚呼著朝他走去。

「先生，回來這裡！」原先的警衛大喊。「請你脫掉手錶和鞋子，再過一次人體掃描機。」

「天哪！」麥西伯伯說。「哎呀，我現在全搞糊塗了。我應該先去哪裡？」

女安檢人員抓住麥西伯伯的手臂，拉他重新走過一次機器，他的手錶再次觸發了警報。排隊的每個人都盯著麥西伯伯，他完美的扮演糊塗又笨手笨腳的英國人角色。

92
SECURITY CHECK

「不好意思。還沒輪到我嗎？」柏托特再問一次。

「去吧，孩子，走過去。」女安檢人員揮手叫他通過，連看都沒看他一眼。柏托特蹦蹦跳跳的走過機器，沒引發任何聲響。安檢人員全都盯著麥西伯伯，他一臉抱歉的脫掉登山鞋，解開手錶，同時滔滔不絕的叨念著：「現在的科技……」

接著達克斯走過人體掃描機，薇吉妮亞跟在後面。他們拿起背包背上肩時相視而笑。柏托特在金屬梁柱下等著他們，所有的大甲蟲都停在梁上。

三個孩子轉身背對安檢站，把背包大大的拉開。達克斯抬起頭來，吸吮後面牙齒發出短促尖銳的聲音。二十一隻甲蟲全部立刻俯衝下來，展開翅膀來引導飛行，降落在包包裡。三個孩子整理好背包，四處張望查看麥西伯伯的情況。

麥西伯伯脫得只剩四角短褲和背心，大聲宣稱他因為幾年前的摩托車事故所以腿裡面有金屬釘，他不可能把腿拆下重新再走一次那該死的機器。達克斯朝他豎起大拇指，麥西伯伯一看到手勢立刻停止搗蛋。

「哦，你知道可能是什麼造成的嗎？」他拿下頭上的探險帽交給安檢人員。「這頂遮陽帽上有黃銅的鉚釘。」他跳著快速通過機器，沒有再觸發警報。「登—登！」他得意洋洋的喊道。

安檢人員搖了搖頭，把帽子放進輸送帶上的托盤，揮手讓麥西伯伯通過。麥西伯伯從托盤拿起鞋子和衣服，重新穿上。「好了，老兄，我的手提行李有什麼問題嗎？」他詢問正在清空他背包的官員。

那人舉起三瓶水。

「那些水怎麼會在裡面？」麥西伯伯驚呼。「哎呀！我真是迷糊。非常抱歉。」安檢人員把水瓶拿到垃圾桶上，麥西伯伯點頭同意。「你當然可以丟掉。那裡面只是水而已。我們都檢查完了嗎？真是太好了。」他朝所有的安檢人員揮揮手。「謝謝你們，你們都做得很好。」

孩子走在麥西伯伯前頭，直到進入主要的候機室。「真是太精采了！」薇吉妮亞輕聲偷笑。

「唉唷，謝謝你呀，薇吉妮亞。」麥西伯伯眉開眼笑，一面將鞋帶繫好。「所有的甲蟲都全數到齊了嗎？」

「是的，」達克斯點頭，「不過大隻的還在背包裡。我們必須在牠們被壓扁或缺一條腿之前，把牠們弄回小袋子裡。」

麥西伯伯指向殘障廁所的門。「你們三個何不進去那裡把甲蟲整理一下？我會幫你們留意。」

達克斯點點頭，薇吉妮亞和柏托特跟著他走進廁所關上門。五分鐘後他們全都假裝拖著腳走出來。「準備好了。」達克斯說。

「很好，現在我們要到X登機門，因為那是私人包機。」麥西伯伯重新戴上探險帽。「跟我來吧。」

莫蒂在停機坪等候他們，她身穿破舊的褐色皮夾克和卡其布的多口袋工作褲。她看見孩子們大步走出機場門口，向他們打個招呼。

「我們準備要飛了嗎？」她問。

巴克斯特從達克斯過大的綠色套頭毛衣領口爬出來揮一揮腿。

「對。」達克斯朝兜蟲微微一笑。「我們準備好了。」

他們排成一列搭上柏娜黛特，莫蒂席拉可靠的黑色比奇九十飛機，達克斯感到一陣興奮。他終於要出發去擊垮盧克莉霞・卡特了。

8 冰

「我不懂。」達克斯站在全景廳側翼的舞臺上，這裡是舉行國際昆蟲學會議的演講廳。「人都到哪裡去了？」

「什麼意思？」艾波亞教授問，他從金色布幕探出頭去查看外面，灰白的眉毛挑起，額頭上的皺紋因此變得更深。

「所有的昆蟲學家啊。」達克斯指著聽眾席上零零散散的黃色空位，「他們為什麼沒來？他們不知道這件事有多麼重要嗎？」

「達克斯，他們**已經**來了，」艾波亞教授眺望外面的大廳回答。「所有人都到了。」

「可是這裡只有幾百人啊。」

「嗯，很顯然並非地球上每一位昆蟲學家都出席這次會議，不過這裡有世界上每間重要的大學、動物園，以及博物館的代表。」

達克斯覺得這消息好像一記重擊，他非常震驚。「可是昆蟲對地球、對全世界的生態系統、對人類那麼重要，我以為會有更多的科學家出席。」

「我想，昆蟲學恐怕是經常被忽視的科學。現在很少有大學在教授昆蟲學了，除了當成動物學或生物學的一部分課程。」艾波亞教授聳一下肩。「昆蟲學界很小，不過非常有熱誠。在過去總是仰賴熱衷的業餘愛好者的熱情，就像你這樣的人。」

「可是，教授，」達克斯揪住他的袖子，「我以為會有幾千位昆蟲學家到這裡。」

「你以為會怎樣？帶領一大群人帶著捕蟲網和吸蟲管到亞馬遜裡嗎？」艾波亞教授輕聲笑了，不過，他低頭看到達克斯時止住了笑。「喔，我明白了，你的確是這麼想。」他皺起眉頭。「對不起。」

達克斯環視演講廳，一顆心往下沉，他說：「這裡的人遠遠不夠。」想到每小時不斷更新報導所有甲蟲為患的消息，他感覺很不舒服。他一直擔心他們想做的事情很難達成，但是現在卻感覺是「完全不可能實現」。他仔細端詳那些科學家——有些穿著蟲子圖樣的針織T恤女人，有些面孔和善的禿頭男人，還有幾個留長髮的年輕男子，和一位蓄著灰鬍子的老人，達克斯從沒見過這麼長的鬍子。他一眼看見厚厚的眼鏡、粗呢外套、不對稱的髮型，和蝴蝶領巾。無論男女老少全都看起來親切有禮，在打仗時的用處大概跟蕾絲手套差不多。這不是他希望帶去亞馬遜與盧克莉霞．卡特甲蟲大軍作戰的急切、狂熱的昆蟲學家。

「她已經贏了，巴克斯特。」

他肩上的甲蟲用後腿站起來搖一搖頭。

「沒錯，巴克斯特，雖然她只有一個人。」薇吉妮亞走到達克斯身旁。「我們不需要一大群科學家去擊敗盧克莉霞．卡特，可是我們可能需要大批昆蟲學家來防止她的甲蟲造成的破壞。」

「我們要有信心，」柏托特說，「等著瞧，他們都是想來幫忙的。」

「表演的時間到了。」艾波亞教授低聲說。他走到舞臺中央的講臺前，輕拍一下麥克風以確定麥克風開著，禮貌的掌聲逐漸平息下來。

「哈囉，那邊的人可以聽見我的聲音嗎？」一陣客氣的低聲私語。「你們很多人可能知道，我來這裡是想談談自從盧克莉霞．卡特在洛杉磯電影獎上宣告以來，過去幾週記錄到的多起鞘翅目為患的事件。這些昆蟲造成的破壞對人類的糧食供應和農業經濟幾乎是場災難。今天，我們——全世界的昆蟲學家，必須決定我們要如何處理這事情。」

「你的意思該不會是假設這些瘋狂的宣稱是可信的吧！」一個粗啞的聲音從聽眾席大聲喊。「科學界從什麼時候開始盲目相信一個時裝設計師的荒謬聲明了？」他大笑。

「我聽說她只是個幌子，這些其實是卡托博士的傑作。」

達克斯從布幕後面窺探，想要看看是誰提出的評論，不過他只看到許多臉孔都在點頭。

「我十分同意。首先我們必須查明這些宣稱是否屬實，證明盧克莉霞．卡特聲稱已經派甲蟲到全球攻擊農作物的真實性。」艾波亞教授摘下眼鏡，用襯衫一角擦亮再戴回臉上。「不過，對那些懷疑盧克莉霞．卡特能力的人，我必須請你們看穿盧克莉霞．卡特品牌的掩飾，回想一位真正天才的科學家，大家所知的露西．強斯登博士。她曾在我們嘗試的法布林計畫研究中擔任核心的角色，我相信你們很多人肯定都記得她，並且曾經讀過她的科學論文。」底下一陣驚訝的竊竊私語。「如果你們忽略那個自稱盧克莉霞．卡特的人的服裝和外表，就會發現她其實就是露西．強斯登博士。」

這句聲明引爆了激烈的討論，艾波亞教授站著不動，等待交談平靜下來。等確定大家的注意力都轉回到他這裡時才繼續說：「那些知道露西．強斯登博士與巴索勒繆．卡托博士曾合作做出突破性研究的人，就會明白她所宣稱的事，雖然不可否認的，相當難以置信，卻並非不可能。因此我必須接著談第二個問題：她是否真有可能建造一支基改的鞘翅目大軍來攻擊、動搖人類社會的結構？嗯，為了回答這問題，我必須邀請一些朋友上臺來。請大家歡迎達克斯．卡托，巴索勒繆．卡托的兒子，以及薇吉妮亞．華勒斯、柏托特．羅伯茲。」

達克斯看薇吉妮亞和柏托特一眼，他們三人一起走上舞臺。一旦走出安全的側翼，達克斯感覺自己非常渺小，來自聽眾的竊竊私語聲越來越大。

「教授，你現在是找小孩子來進行你的實驗嗎？」那個粗啞的聲音再次大聲說，達克斯看見那人坐在第三排。他的外表像軍人，頭髮平整的往後梳，穿著帶有肩章的綠色外套。一陣笑聲在演講廳內迴盪。

「我想你應該知道達爾文與鞘翅目發展出密切關係時也不過是個小孩子，」艾波亞教授回應，「只因為來自幼小的心靈就認為不是智慧，那是愚昧。」

「讓孩子說話吧。」一個美國人的聲音朗聲說。達克斯轉頭，瞧見一名大塊頭的男子，留著濃密的鬍子和及肩的頭髮，身穿美國昆蟲學會的T恤。那人朝他豎起大拇指。

達克斯走向前。「我和我的朋友到這裡是為了證明基改甲蟲真的存在和洗刷我父親的罪名，並且請求你們的協助。」

柏托特跪在舞臺前面低下頭。牛頓從他的頭髮裡「嗖的」飛出，腹部一閃一閃，另外二十七隻螢火蟲按照他的指示，從柏托特西裝外套的小暗袋跳出來。他們飛上去圍繞著牛頓，他是當中最大、最閃亮的一隻。牛頓成了北極星，所有的螢火蟲都找到各自的位置盤旋，他們的光描繪出夜空中主要的星座圖。

艾波亞教授示意將廳內的燈光變暗。聽眾席上的昆蟲學家看見這景象，心懷敬畏的嘆息，驚奇的指出北斗七星與大熊星座。

薇吉妮亞往前走，沒有說話，只是翻身以手倒立。馬文從她的髮圈掉落到舞臺上。她褲子口袋裡的吉丁蟲與長頸象鼻蟲或飛出或掉落，大步走上舞臺，走到亮紅的粗腿金花蟲旁邊。一架頭頂上的攝影機打開來，在舞臺後頭的螢幕上播放一長列甲蟲的畫面。薇吉妮亞開始玩鏡子遊戲，默默、慎重的完成各種姿勢的舞蹈，那些甲蟲仿效她，有時候兩兩成對，複製她的動作。

「這是什麼鬼？」那個軍人樣的男人大聲說。「派對把戲？」

達克斯氣憤的瞪著那個大聲詰問的人。他拿起肩上的巴克斯特，將巴克斯特高舉在空中一會兒，好讓昆蟲學家能看見這隻高卡薩斯南洋大兜蟲，接著他把甲蟲拋到高空。巴克斯特掀起翅鞘，展開飛翔的翅膀抖動，盤旋在達克斯的頭上，面對昆蟲學家。達克斯利用後面牙齒上的唾液模擬出摩擦音，一排金龜子跳舞般從他褲子的口袋深處及腰帶的暗格裡飛出，甲蟲在達克斯前面集合列隊飛翔，排成圖形，創造出旋轉雙螺旋體的模樣，由巴克斯特排在頂端。

這是他們在家裡排練過的，不過此時在這裡表演，達克斯感覺很愚蠢。他很憤怒昆蟲學家只有這麼少人，氣他爸爸叫他來這裡，牛氣在這樣危急的時刻他卻在舞臺上表演派對把戲。那個軍人樣的男人臉上帶著嘲諷、懷疑的表情，彷彿他看到的只不過是馬戲團表演，達克斯感覺內心突然燒起一把熊熊的怒火。

他把頭往後仰，發出尖銳、參差不齊的聲音，忽然間排成雙螺旋體的甲蟲四散開來，再迅速聚集排成方陣，飛上去後朝聽眾俯衝，由巴克斯特帶頭。螢火蟲結束他們的星圖，令人恐慌的在聽眾頭上四處亂舞、閃爍不定。薇吉妮亞的雜技團急忙走到舞臺邊緣，舉起翅鞘準備就緒。

「達克斯，好了夠了，」艾波亞教授用嚴厲的口吻說，「叫牠們回來。」

達克斯舉起一隻手，手掌平放，然後大聲呼喚：「甲蟲回到我這裡來！」

所有飛行的甲蟲迅速圍成圈往上升，仍然排列成隊，飛回達克斯手上，降落後順著他的手臂爬回個別的口袋裡。最後一隻降落的甲蟲是巴克斯特，他安坐在達克斯的肩膀上。

薇吉妮亞和柏托特確認他們的甲蟲安全回來後，走到達克斯旁邊站著。

「那有點脫離腳本了吧。」柏托特小聲說。

「真是太讚了！」薇吉妮亞壓低聲音說。

「所以，如你們看到的，」──艾波亞教授不得不提高音量，才能壓過聽眾席上驚慌的交談聲——「基改甲蟲的存在並非虛構，而且盧克莉霞・卡特控制著大批的基改甲蟲。」

「可是原因是什麼？」有人大聲說。「她想要什麼？」

「嗯，這點還有待觀察，」艾波亞教授答覆，「不過看來她似乎要求全世界所有的政府將她放在統治的領袖地位——她想要統治世界。」

全場震驚得沉默下來。

艾波亞教授繼續說：「而且她打算利用人類的糧食供應作為達成目的的手段。她正在圍攻全世界。」

「可是我們有什麼辦法能夠和她對抗呢？」

「我們要怎麼阻止她？」

「我們怎麼知道他父親不是這場攻擊的幕後主使者？」那個軍人模樣的男人指向達克斯。達克斯看見每個人臉上的驚慌，感到失望灰心；他來到布拉格尋找答案、盟友、軍隊，然而他環顧演講廳卻只看到困惑、多疑的大人，他們難以相信自己剛才見到的事實。他領悟到如果要阻止盧克莉霞・卡特、拯救爸爸，他和甲蟲必須靠自己。

他轉身大步走下舞臺。

「達克斯！」薇吉妮亞在他後面大喊。「你要去哪裡？回來！」

達克斯繼續向前走。

9 那玩意

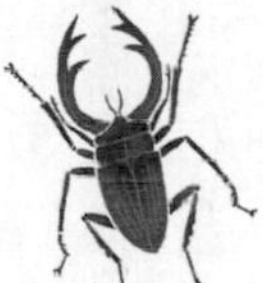

「你應該留下來的。」柏托特說，他走進更衣室看見達克斯癱在沙發上。

「不。」達克斯搖頭。「我們根本不必上臺表演說服他們我們說的是實話。」巴克斯特坐在他拱成杯狀的手掌上。他將兜蟲拿近臉龐。「他們沒有眼睛嗎？看不見發生了什麼事嗎？在他們決定要不要採取行動之前，盧克莉霞．卡特早就把整個世界掌握在手中了。」巴克斯特舉起一條前腿，輕輕撫摸達克斯的鼻子。「哦，我沒事，巴克斯特。不用擔心我。」他微微一笑，兜蟲張開嘴回以微笑。

「達克斯，」薇吉妮亞邊說邊在對面的椅子上坐了下來，「我們完全同意，不過在你衝出去後，石川佑樹博士走上舞臺。他一直坐在聽眾席裡。」

「石川博士在這裡？我沒看到他。」達克斯坐了起來。他們在格陵蘭見過石川佑樹博士，他拒絕跟他們一起去電影獎頒獎會場，不過他的智慧幫達克斯在寒冷的天氣中救了巴克斯特，也讓達克斯想出幫他們打贏好萊塢劇院一戰的點子。

「他們把他當成絕地武士一樣對待呢！」柏托特點點頭，坐到達克斯旁邊。

「對，石川博士好厲害。」薇吉妮亞的褐色眼睛發亮。「他從我們在電影獎上用吸蟲管蒐集到的那些，以及他在德州釋放的基改小麥象鼻蟲裡採到盧克莉霞・卡特甲蟲的樣本。他把一些觀察結果跟其他的昆蟲學家分享。」

「首先他發現她培養的甲蟲壽命很短。」柏托特說。

「成蟲一、兩天就死了。」薇吉妮亞補充說。

「而且似乎大多數是公的。」柏托特說。

「所以他提出兩個主意來解決甲蟲為患的問題，」薇吉妮亞說，「第一是用母甲蟲的費洛蒙來轉移公甲蟲的注意力。」

「昆蟲學家將會設置費洛蒙陷阱，引誘甲蟲遠離農作物，」柏托特解釋，「然後他們會運用不孕性昆蟲技術，只釋放不孕的公甲蟲，這樣一來就算甲蟲交配也不會產生後代！」

「昆蟲學家對如何解決甲蟲侵擾的點子議論紛紛，」薇吉妮亞說，「他提議用天敵，就像你在電影獎上所做的，和其他方法來保護尚未受到影響的作物。」

「所以，我們什麼都不做，」達克斯惡聲惡氣的說，「設置費洛蒙陷阱，收拾爛攤子，聽起來是個『很棒』的計畫。」

「我以為你會很高興。」柏托特垂頭喪氣的說。

「處理甲蟲為患的問題不會幫忙把我爸救回來吧，會嗎？或是洗刷他的罪名？」達克斯怒目瞪著薇吉妮亞。「待在這裡是浪費時間。我以為會有很多勇敢的昆蟲學家想跟我們一起去亞馬遜對抗盧克莉霞・卡特。我爸說他們會幫我們，可是他們有一半的人都認為我爸有罪。」

薇吉妮亞將兩手插腰，「你爸從來沒說過他們會和盧克莉霞・卡特作戰。他並沒有說他們**會幫我們什麼**，不是嗎？」

「達克斯，昆蟲學是門科學，」柏托特輕聲說，「不是運動。他們不是揮舞武器的健美運動員並不意外，對吧？」

「對，嗯，反正我們也不需要他們的幫助。」達克斯果斷的說。「向來都是我們和甲蟲對抗世界。」

「我們是站在世界這一邊啦，笨蛋，」薇吉妮亞想要揶揄他逗他笑，「盧克莉霞・卡特才是站在另一邊。」

「呃哼。」他們三人轉頭看見麥西伯伯靠在牆上聆聽他們的對話。「達克斯，我希望你說的『我們』裡面有包括我，有嗎？」

更衣室門上有敲門聲。

「嗨，你們好。」那位留著濃密鬍子的大塊頭美國人打開門，探頭進來。他的臉頰紅潤，藍眼眸眼神和善，兩條手臂上有甲蟲的刺青：一邊是鍬形蟲，另一邊是南洋大兜蟲。「我要找達克斯·卡托。」他走進房間。「先生，我可以跟你握個手嗎？」

達克斯尷尬的站起來，和那人握了握手。

「我叫漢克，來自美國昆蟲學會。」他指著身上的T恤。「我們真的很感激你們為了保護我們的收成所做的一切。石川博士說，要不是你們飛到格陵蘭去警告他關於強斯登博士做的實驗，他絕對不會來參加ICE。」

達克斯感覺自己臉頰熱了起來。薇吉妮亞交抱雙臂，對他綻開笑容，一臉「我就跟你說吧」的表情。

「謝謝你，呃，請問你姓……」

「柏頓，不過你可以叫我漢克。」他指著一張空椅子，「我可以坐嗎？」

「請坐。」柏托特說，他們全都點頭。「我們能幫你什麼忙，柏頓先生——我是說，漢克……先生？」

「其實，我有樣東西也許可以幫上**你們**的忙。」他拉開黑色皮革腰包的拉鍊。「我怎麼想都想不出來這東西的作用是什麼。」他交出一個正方形的黑色螢幕，大小如火柴盒。「打開時，一個白色六角形會亮起來，裡面有六個三角形，不過按下去毫無反應。」

「你為什麼認為這可能對我有幫助？」達克斯打開裝置仔細查看，感到困惑。

「因為這是在好萊塢劇院外頭找到的，在劇院後門附近的一堆衣服裡。」

「我不明白。」達克斯看著漢克。

「似乎是有人在起飛前將盧克莉霞・卡特所有的行李扔出直升機。那些東西全都被送到我們美國昆蟲學會，以防萬一裡頭有東西能夠幫助我們制止她對小麥收成的攻擊。裡面大多是衣服和無用的物品，不過我們發現了這個不知名的裝置。」

柏托特跳向前去，從達克斯手中拿走那玩意，認真的研究。

「謝謝你。」達克斯說。

「不，是我要謝謝你們。」漢克低下頭。「我真希望自己能多幫你們一些忙。艾波亞教授告訴我，你們這些孩子為了防止盧克莉霞・卡特攻擊所做的事，真是非常的勇敢。」

達克斯看著柏托特。「你知道那是什麼嗎？」

「看起來像個很炫的電視遙控器。」

「我們可以帶走嗎？」達克斯問。

「當然。那個就交給你們了。我只希望自己能貢獻多一點力量。」漢克用手掌敲打著椅子扶手。「我聽說你們要去獵超大甲蟲？我很樂意跟你們一起去。我很擅長使用獵槍呢！」

「你們知道要去哪裡找盧克莉霞・卡特嗎？」他歪著頭問。「全世界都在找她，我很確定有一大票人會不惜一切代價想找出她躲在哪裡。」

達克斯瞄麥西伯伯一眼。「抱歉。」他搖一搖頭。

「嗯，如果你們需要我幫任何忙，在這裡可以聯絡到我。」他拿出一張紙。「我得回去華盛頓，建議白宮對付這些攻擊的最佳方法。石川博士的研究結果將大有幫助。假如我們能夠引誘一些小麥象鼻蟲陷入美人計，或許可以拯救一些收成。現在，我們所能指望最好的結果是損害控制，這次攻擊對我們的經濟造成了非常嚴重的傷害。」

達克斯接過那張紙，漢克．柏頓起身離開時，一張熟悉的面孔出現在門口。「石川博士，」他低下頭行禮，「很高興見到你。」

柏托特和薇吉妮亞效法他行禮，那個笑咪咪的科學家走進房間。

「能再次見到你真是太好了，達克斯．卡托。」石川佑樹博士笑的時候，眼睛周圍的皮膚起了皺摺，「我想為你們的旅程，獻上我最誠摯的祝福，並且帶了這個來給你們。」他從布袋裡拿出三個小竹籠，與掛在他自己脖子上的相似，他的裡面裝了一隻美麗的粉紅色合掌螳螂。「這是給你們的甲蟲用的。亞馬遜裡有很多掠食者，我們都很清楚掠食者有多麼危險，對吧？」他大笑起來，眼睛閃閃發亮。「年輕人，你在電影獎頒獎典禮上的表現非常出色，我都不可能做得比那更好。」

達克斯再次感覺自己的臉紅了起來。「謝謝。要不是你說過所有生物都有天敵，我絕對想不到要放出鳥兒。」

「啊，不過你**的確想到了**，因此改變了一切。」石川博士把最大的竹籠交給他。「給巴克斯特，保護牠在叢林裡的安全。」

「你要跟我們一起去嗎？」達克斯問。

石川博士搖搖頭。「這邊的工作非常需要我，想辦法解除露西．強斯登的步兵——那些基改甲蟲的武裝，我才能發揮最大作用，所以我必須留在這裡。」

「這次你**一定**得幫忙。」達克斯再走近石川博士一些。「求求你，我們不知道在那裡會發現什麼。對方數量可能遠遠超過我們，我們毫無希望。」他的聲音緊張，他發覺自己在眨眼睛忍住淚水。「我不曉得要怎麼對抗她。」他坦承。

石川博士微微聳了下肩。「那麼，也許……你不應該去。」

達克斯惱怒的嘆口氣。為什麼石川博士總是喜歡打啞謎？

「你是甲蟲男孩。」石川佑樹博士凝視著達克斯，他的兩眼深黑宛如平靜的水池。「只有你知道那是什麼意思。」他伸出一根手指點在達克斯的前額上，「好好想一想。」他停頓片刻，「當個科學家，觀察、充滿好奇心、發問，」他移開手指，指向達克斯的心，「做你覺得正確的事。」他臉上綻開大大的笑容，彷彿解決了一道複雜的謎題，然後點一點頭。「沒錯，甲蟲男孩必須做他覺得正確的事。」

10 諾娃的惡夢

諾娃坐起身子，她上氣不接下氣的喘著。她坐在光線昏暗的白色牢房地板上的床鋪邊，掀開被子——她又做了那個夢。她閉上雙眼，將手按在心口處，想像心臟在胸腔內跳動，希望心跳能減緩下來。那是**她的**心臟，屬於她的心臟，不需要那麼害怕及那麼快速的跳動，她會用心臟把血液輸送到全身的那種熱情來保護心臟。

她小心翼翼的呼吸，讓狂跳的心平靜下來，同時思考她吸入的空氣——人類需要把空氣吸進肺裡，為血液充氧，因此在呼吸時，她還是人類。

在夢中，她的兩眼充滿黑暗，變成一片漆黑。她的感官變得敏銳，身上所有的毛髮都豎了起來，向她傳遞周遭環境的訊息。諾娃對自己的甲蟲感官感到恐懼，她試著封閉、忽略那些感覺，她寧可死，也不想變得像瑪泰一樣。

低頭看一眼自己那雙黑色甲殼質的小腿和帶爪的腳，諾娃將膝蓋拉到胸前，用雙臂抱住兩腿，這樣就不必看到腳爪。她願意付出一切來當個正常的女孩，回到過去，回到她被放進蛹室之前的樣子。她應該逃跑，不過她永遠無法想像他們會怎麼對付她。

她將下巴靠在膝蓋上，查看右手腕上沉甸甸的銀手鐲。她對鑲嵌在凸起的銀質底座裡的綠松石小聲說。「小赫，你醒著嗎？」底座靠鉸鍊旋轉打開，顯露出一隻有彩虹條紋的漂亮吉丁蟲。

「哦，對不起，赫本，我打擾到你了嗎？」

吉丁蟲抬起翅鞘，伸展一下翅膀再收起來，然後爬到諾娃的膝蓋骨上。

「我好害怕喔，小赫，」諾娃低聲說。「我不想再進去蛹室，我們必須離開這裡。」

吉丁蟲用美麗、球形的頭部蹭了蹭諾娃的下巴。

諾娃微微一笑。「啊，謝謝，小傢伙。」她抬起一根手指輕輕撫摸赫本的背。「我也愛你。現在，你是我唯一的朋友。」

她想起達克斯。他承諾過要帶她回家，可是沒多久她母親就抓住她，硬生生將她從他身邊帶走，也帶走了她平穩生活的願望。她曉得達克斯是個守信的人，他會到處尋找她，試圖找到接近她的方法，但是沒有人能夠發現她在這裡。亞馬遜叢林幅員遼闊。諾娃很清楚達克斯這回不會來救她，他甚至可能不想來，畢竟，他父親背叛了他，選擇跟瑪泰在一起，而不是跟他的親生兒子。

諾娃咬牙切齒。她痛恨巴索勒繆．卡托對達克斯所做的事。她母親對她殘忍，但是至少她從來不曾假裝親切體貼，她從來不曾假裝自己喜愛諾娃。

諾娃拿起膝蓋上的赫本，將兩腿往前伸直，端詳那雙帶爪的腳。達克斯說過他覺得她的腳棒極了，他還問她是否能夠爬牆。不過，答案直到她試過之後才知道，她甚至還發現自己能飛簷走壁。她的腳是由兩隻堅固的外層爪子所組成，爪子逐漸削尖，變成一根根尖角，另外在爪子之間有如刀子般鋒利的刃，還曾經劃破玲玲的臉頰。諾娃不曾測試過自己身體的能耐——她花費全副精力隱藏蛹化帶來的改變，連對傑拉德都隱瞞。她把兩腳束縛起來，並穿上厚褲襪來遮蓋黑色的小腿。不過現在，在這間牢房裡，她無計可施，或許唯一可以幫她逃過第二次蛹化的正是這些因為甲蟲基因才擁有的武器。

她站了起來，依靠爪子站立，兩手捧著赫本。「小赫，你得幫我，」她小聲說，「我需要搞清楚自己的本質。」

赫本拍動翅膀飛離諾娃的手，在她面前盤旋，牠擺動著前腿表示鼓勵，諾娃哈哈大笑。

「好啦，好啦。」諾娃將下巴垂到胸前，閉上雙眼深呼吸，然後撥開頸後濃密的銀髮，挑出第一根，接著第二根黑色的羽狀觸鬚。觸鬚豎起，從她的頭頂伸出來，有如兩把羽毛扇。她全神貫注的呼吸，將意念放在皮膚上，那裡的每根毛髮都豎直起來。她感覺眼睛在腦袋裡往後翻，充滿了黑暗。

這不是夢。是她在促成這一切變化。

她身上纖細的銀毛顫抖。白色牢房三角牆外的世界進入意識中，她察覺到一連串的聲音、氣味和障礙。她感覺到有個男人發出刺耳的呼吸聲，他身上有強烈的體臭，正坐

在牢房外的椅子上。

「是丹奇許，」諾娃低聲說，「我可以『看見』他。」

她抬起頭握緊雙拳。她需要測試一下自己的人類肌肉和甲殼質的雙腳合作得如何。她迅速轉身奔向牆壁，想辦法抬起兩隻爪子，卻摔到地板上，手肘重重的受到撞擊。

「唉唷！」她站起來，走回對面的牆壁，儘量到這小牢房內最遠的角落，然後再試一次。這回她斜著爬上牆壁，在灰泥上鑿下一道道大的刮痕。感覺到雙腳的力量，她放慢速度，溜達到天花板中央，如蝙蝠般頭上腳下的倒掛著。她的爪子非常強而有力，輕輕鬆鬆就能承受她的重量。

她的銀髮垂下來，黑色鞭狀的觸鬚輕輕抽動，又搧了搧，感覺周圍的世界。甲蟲眼睛在昏暗的房間內比人類眼睛能夠獲取的更多細節。周遭的一切，包括空氣，都更加沁入心脾。

赫本輕快的往上飛，在她面前盤旋飛舞。諾娃看到甲蟲如此高興露出笑容。

「赫本，你看，」她說，「我們是姊妹呢！」

11 史卡德

「喂，克里普斯，」諾娃聽見丹奇許低聲咆哮，「你拿著什麼？」

「食物，給那女孩的。」

「赫本，快點。」諾娃推一下天花板，鬆開帶爪的腳。她在空中翻個筋斗，以單膝跪地的姿勢著陸，兩條手臂張開。她伸出手腕，手鐲的暗格開著，赫本趕緊衝下去，笨拙的鑽進密室。諾娃啪的關上暗格後，把觸鬚撫平縮回頭上，再將捲起的尾端整齊的塞進頸後。她用手指耙梳一下頭髮，再用銀色髮絡遮住羽狀的觸角，然後把頭低到胸前，將甲蟲眼睛翻回去，再次用人類的眼睛視物。她盤腿坐下來，抓起毛毯罩住膝蓋，盡全力裝出溫順害怕的樣子。

門上傳來膽怯的敲門聲。門打開後出現了一名身穿白色實驗袍的年輕人。他端著一個托盤，露出笑容拖著腳走進來。他進來時燈跟著開了。

「你好，我叫史賓賽。」他說，透過方框眼鏡對她眨眨眼。「我，嗯，我帶了些食物給你。」他低頭看向托盤，上面擺了一個用銀質圓罩蓋著的盤子和一杯水。

「謝謝。你可以放在那裡。」諾娃看著史賓賽笨手笨腳的將托盤擺到地板上，打翻了銀質圓罩，盤子上裝的是甜瓜和香蕉片。他一面重新放好，一面不斷的道歉，諾娃覺得有點好笑。

「我叫諾娃。」她說。

「哦，是的，我知道。我的意思是……」他直起身體。「你母親，她——」

「我沒有母親，」諾娃打斷他，「有母親會像這樣對待女兒嗎？」她比手勢指著牢房。

「呃，不，我，啊，想，不會……我是說，**我母親**不會。」

一張像青蛙的小黑臉突然從史賓賽的上衣口袋冒出來，裝甲般隆起的頭部兩側有兩顆亮晶晶的小眼睛。

「喔！」諾娃兩手一拍。「你有甲蟲！」

「史卡德！」史賓賽喝斥。「你應該躲起來。」

「不，沒關係。我喜歡甲蟲。」諾娃跪起來。「哈囉，史卡德，這是牠的名字嗎？」

「對，史卡德，就跟飛毛腿飛彈[3]一樣。很好笑吧，因為，嗯，你知道的，」史賓賽輕聲一笑，「牠是隻**糞金龜**。」諾娃皺了皺眉，不懂這個笑話，史賓賽的臉紅了。

「哦，我看到你也有個小朋友！」他點頭比向諾娃的手鐲。

她低頭一看。手鐲打開了，赫本正興奮的往外爬，當牠的腹部離開盒子後，就掀起翅鞘，直接飛向史賓賽，降落在他鼻子上，爬著轉圈圈，每隔幾秒就停下來親他一下。

「赫本！」諾娃驚呼。「你在做什麼？」

「牠是隻非常友善的吉丁蟲，」史賓賽大笑，輕輕將赫本從鼻子上拿下，透過眼鏡仔細端詳牠。「不！不可能吧，」他突然激動起來。「你是從哪裡得到這隻甲蟲的？」

「為什麼這麼問？」

「我認識牠。」他從各個角度檢視赫本，而牠似乎抱著他的拇指。「不過我已經將近五年沒見到牠了。」

諾娃站起來。「你怎麼知道牠是同一隻甲蟲呢？」

「你在說笑嗎？我永遠不會忘記牠。看看牠多麼的美麗！」史賓賽輕聲一笑，赫本在他手上趾高氣揚的來回走著，宛如伸展臺上的模特兒。「而且牠自己很清楚。」

---

3 飛毛腿飛彈的英文是Scud，音譯即為史卡德。

諾娃的脈搏加快。「那你一定認識達克斯．卡托囉？」

「巴索勒繆．卡托博士的兒子？不認識。」史賓賽搖頭。「我應該認識嗎？」

「可是赫本是達克斯送給我的，牠來自甲蟲山。」

「甲蟲山？那是什麼？」

「達克斯守護著甲蟲山裡的甲蟲。那是由茶杯組成的奇妙地方，裡面有很多不同種類的聰明甲蟲。或者起碼是……」諾娃的聲音逐漸消失，因為她想起來瑪泰已經將甲蟲山燒成平地。

「很多不同種類？」

「對，而且達克斯也有個甲蟲朋友，是一隻兜蟲，叫巴克斯特。」

「那些甲蟲**活下來了**？」史賓賽驚呼。

門上砰的一聲。「裡面是怎麼回事？」丹奇許咕噥著說。

「等一下，」史賓賽大聲喊，然後壓低音量興奮的小聲說，「這真是叫人難以置信！我放那些甲蟲自由的時候，不確定牠們能不能適應外面的世界，但是我沒辦法把牠們留在那裡。」

「你是什麼意思，你放牠們自由？」諾娃問。

「那些聰明的甲蟲，包括這裡的史卡德跟赫本，原本是飼養在盧克莉霞．卡特的實驗室裡。牠們帶有人類的DNA，確切來說是**卡托博士的DNA**。」他將方框眼鏡往鼻梁上推，「牠們被圈養的生活很痛苦，牠們想要得到自由。」他聳一下肩。「所以，有一天，我把牠們放進我媽的蛋糕盒，偷偷帶出實驗室放走。」

「你真的那麼做了！好勇敢喔！」諾娃把兩手緊握在胸前。「瑪泰沒有生氣嗎？」

「她大發雷霆，」史賓賽點頭。「當她發現我做了什麼的時候就派出她的手下來找我，」他指向牢房門，「他們抓到我以後，拿一塊有怪味的布罩住我的嘴，我昏了過去。等醒來時就困在百歐姆這裡了，被迫照顧樓下的昆蟲農場，提供健康的樣本給她做實驗。」

「你變成奴隸了？」諾娃倒吸一口氣。

「這份工作並不壞，事實上，我還挺喜歡的。」史賓賽淡淡的微笑。「不過我很想念我媽，非常擔心她。她不知道我在哪裡。」他嘆了口氣。「起碼那些甲蟲逃走了。我一直想知道牠們後來怎麼了。」他的表情開朗起來。「如果卡托博士的兒子在照顧牠們，那我相信牠們會得到妥善的照顧。一定是有人飼養牠們，數量才會足以填滿一座山，希望有一天我能親眼看到。」

諾娃認為最好別告訴史賓賽甲蟲山的下場。「謝謝你送食物來給我，」她說著拿起銀質圓罩，「我餓死了。」

「那沒什麼大不了。」史賓賽說，一面拖著腳往後走。諾娃注意到他握緊拳頭又鬆開。「嗯，而且這可能是你這段時間內的最後一餐。」

「哦？」諾娃注視他。「盧克莉霞．卡特已經將你的蛹化時間安排在後天。在踏入機器之前，你必須禁食至少二十四小時。」

「我明白了。」諾娃仰頭看他。「我想你應該沒有蛋糕盒可以把我偷偷帶出去吧？」

史賓賽嚥下口水搖了搖頭，「我很抱歉。」他低聲說。

「快點，克里普斯！」丹奇許大喊，「我可不想惹上麻煩。」

「史賓賽，別為我難過，」諾娃伸手輕輕撫摸他的臉頰，「這是她養我的目的，不過我寧可死掉，也不想再進入蛹室。」

史賓賽的下巴幾乎垂到胸前，諾娃以為他快要哭了，不過他卻低聲說：

「如果我能夠幫你，我一定會的，我保證。」

12 天文鐘

麥西伯伯強迫他們快速走進舊城廣場，穿梭在耶誕市集的攤位間。「你們不能來到布拉格卻沒看過這個！」他揮舞手臂指向一棟夾雜著薄荷綠、蜂巢黃及鴿灰色的建築物，看起來像達克斯在巧克力盒上見過的圖片。「這是世界上最古老的天文鐘，而且還在運轉喔！是不是很美啊？」

達克斯抬頭看市政廳牆上巨大的發條鐘。這座鐘是由青銅齒輪和黃金符號組成，指針上有移動的星體。鐘聲響起，一具死亡象徵的骷髏開始報時。每聲鳴響都在他胸中產生迴響，宛如最後一下心跳。十二使徒出現在鐘的頂端，但是達克斯轉過臉去。他無法看下去。時間對他不利，因為全世界都在尋找他爸爸和盧克莉霞·卡特，一旦找到他們，就會發射炸彈。

麥西伯伯帶領他們以急促的步伐走過查理大橋，「這座橋是在一三五七年查理四世任內開始興建的。」他指向城堡，「那是世界上最大的城堡，非常宏偉壯觀。」他邊說邊催促他們上巴士。「很可惜我們沒時間參觀。」

達克斯從來沒到過比這裡更像童話世界的城市。巴士開走時，他凝視著城堡。**假如這是童話故事**，他心想，**那我應該成為英雄**。他非常沮喪：他從來不曾覺得自己這麼怯弱。

他看著自豪的坐在他肩上的巴克斯特，感覺自己好像騙子。沒有昆蟲學家要跟他們一起去亞馬遜。一個都沒有。他們全都得回自己的國家，對抗甲蟲的攻擊。大家似乎都認為他曾在電影獎上趕走盧克莉霞・卡特，所以由他來對付她綽綽有餘，不過他很清楚事實並非如此。她像隻怪獸，而釋放鳥兒只是靈機一動。他沒有做什麼特別的事。他一直確信昆蟲學家會幫助他，他們會跟他一起去亞馬遜，因此他沒想到自己會害怕即將來臨的戰爭。然而自從那場會議以來，恐懼就一直啃噬著他的內心。

瓦茨拉夫・哈維爾機場離布拉格市中心車程不遠。達克斯、薇吉妮亞和柏托特跟隨麥西伯伯進入第三航廈——一小棟專供私人包機使用的混凝土建築物。麥西伯伯將他們聚集在身邊，放低音量說，「莫蒂在安檢另一邊的柏娜黛特旁等著。我們必須讓甲蟲再次通過安全檢查，然後就能夠到飛機那裡去。」

三個孩子點點頭，他們曉得該怎麼做。麥西伯伯身上裝滿了讓探測器抓狂的金屬物品：兩隻手腕各戴一只手錶，男士吊襪帶、項鍊、皮帶，和金屬頭鞋帶，另外每個可以想到的口袋裡都裝了零錢。當安檢人員聚集在這個笨手笨腳、不斷道歉的英國人四周時，甲蟲無聲的振翅飛過他們頭上，三個孩子則故作天真的蹦蹦跳跳走過機器。

到了停機坪，那架柏娜黛特正在等候他們，舷梯像是援手般展開。

「嗨，莫蒂！」薇吉妮亞說著跳進副駕駛座，「起飛需要幫忙嗎？」

莫蒂對薇吉妮亞微微一笑，「我想我可以搞定，不過有需要的話我會通知你。」

最後麥西伯伯走進飛機門，對地勤人員豎起大拇指，示意他們搬走舷梯。「機長，準備起飛了，」他對莫蒂大聲說完露齒一笑。「所有乘客請就座並繫好安全帶。」

「到厄瓜多要飛多久？」達克斯問。

「這趟旅程可不簡單，」麥西伯伯答覆，「我們要先去里斯本加滿油，再飛往卡拉卡斯，這段要將近九個鐘頭。然後再次補充燃料，飛到厄瓜多的基多。包含所有的中停點需要花上大約二十個鐘頭。」

「飛行一天一夜！」薇吉妮亞驚嘆。「真是太棒了！」

「我希望我媽沒事。」柏托特眨了眨眼。「她現在八成在想我。」

「我只希望在我們到那裡之前沒人找到百歐姆。」達克斯說。

「盧克莉霞·卡特成功的將百歐姆的地點保密這麼久了，」麥西伯伯輕拍達克斯的背，「不會那麼容易被找到的。現在，去把甲蟲弄進箱子裡，找個位子坐好吧。」

達克斯點頭。為了安全舒適，起飛時基地營甲蟲必須待在旅行箱裡。牠們魚貫進入鋪滿覆蓋物的箱子裡安頓下來，鑽進偏好的角落和縫隙的時候，達克斯一邊數算甲蟲的數目。麥西伯伯保證百歐姆不會被輕易被找到，但這並沒有讓達克斯感覺好過一點。他希望爸爸平安無事，沒有受傷，也沒有被關在盧克莉霞·卡特的牢房裡。他低垂著頭思索，究竟要如何進入百歐姆找到爸爸。這和上次他們對付盧克莉霞・卡特不同：這次更加危險。他們要深入叢林和她作戰。他之前聽了薇吉妮亞說的那番話，她認為他不是下得了手的那種人，而他告訴自己一定辦得到，必要的話，他會那麼做；然而在內心深處，他害怕薇吉妮亞說得沒錯。

他想到盧克莉霞・卡特控制的幾十億隻甲蟲，再看向旅行箱。他曾經有那麼多隻甲蟲，大家一起的話，也許能夠扭轉乾坤，可是現在呢？他嘆一口氣——他們和對方的數量相差懸殊，毫無希望。

他感覺到巴克斯特的爪子爬上他的脖子，扎得他發癢。

「嘿，巴克斯特，你要去哪裡？」他想要查看，但是兜蟲已經爬到達克斯的耳後，快速爬進那叢黑髮當中。達克斯抬起頭來看。他可以感覺到甲蟲，卻看不見牠。「你在做什麼？」巴克斯特拖著腳向前走，然後展開翅膀從達克斯的頭上起飛，後腿夾住兩撮瀏海。牠往前傾斜，將達克斯的頭猛的往上拉，然後咚的一聲撞在他的鼻子上，左右搖擺，四條自由的腿白痴的動來動去，嘴巴張大，露出大大的微笑。

「好啦，好啦，」達克斯大笑，「我會努力振作起來，你這隻瘋狂的甲蟲。」他將巴克斯特拿下來，再從外套口袋拿出石川博士給他的竹籠。「你不需要進旅行箱。」他親了一下巴克斯特的胸部，「現在我們有了這個，你可以一直和我待在一起。」巴克斯特用六條腿環繞住達克斯的拇指，緊緊抱著。

達克斯將巴克斯特小心放進小竹籠，給牠一塊香蕉咀嚼，然後將帶子套過頭上，再把籠子塞進綠色套頭毛衣裡。兜蟲如此貼近他的心臟令他感到安心。

他拉起旅行箱的拉鍊，綁在座位上後，坐到自己的座位上。

柏托特在他旁邊坐下來。「我們可以起飛了。」他從眼鏡上方看著達克斯微微一笑。「最好繫上安全帶。」

達克斯點點頭，將安全帶拉過腿上繫好。他望著窗外的瓦茨拉夫·哈維爾機場。他忍不住覺得這趟布拉格之旅是浪費時間。他以為他們會在這裡找到一支昆蟲學家大軍，迫不及待想要對抗盧克莉霞·卡特。然而，他卻遭到滿屋子猶豫不決的科學家懷疑。要是他們直接飛到亞馬遜，可能已經從百歐姆救出爸爸、諾娃，和史賓賽了。

「你今天話很少啊！」柏托特說。

「我很好。」達克斯閉上雙眼緊握扶手，飛機加速順著跑道奔馳，接著離地。在腦袋的黑暗中，他聽見天文鐘上骷髏的鐘聲。**我們快沒時間了**，他心想。

他聽見薇吉妮亞對柏托特小聲說：「他還好嗎？」

「嗯，還好。我想他是累了。」

「等安全帶警示燈熄滅以後，我要去駕駛艙。你要去嗎？」

「不了，」柏托特回答，「我想我待在這裡看書。你知道的，」他壓低聲音，「確定他沒事。」

13 掠食者與獵物的國度

艙門一打開，厄瓜多的熱氣就朝達克斯襲來。他脫下套頭毛衣，綁在腰上，然後打開竹籠，好讓巴克斯特爬上他的肩膀。麥西伯伯說這裡非常靠近赤道，所以一年只有兩季：夏季和雨季。一月落在雨季中間，果然，儘管天氣炎熱，豆大的雨滴仍飛撲到地上，彷彿是失散多年的親戚。

達克斯、柏托特，和薇吉妮亞匆匆下了柏娜黛特，進入機場，躲在麥西伯伯高舉的超大彩虹條紋的高爾夫球傘下。「我租了一輛吉普車。」麥西伯伯說。他們走向一棟灰色的活動房屋，窗戶上有塊手寫的紙板，用西班牙文寫著租車。「我們要開車出城，到一間名叫叢林生活小屋的旅館，那是開車能夠到達的雨林最深處。我們休息一個晚上，明天開始徒步進入叢林。」他審視地平線嘆了口氣。「真可惜我們時間不夠。基多是我非常喜歡的城市，我很希望有機會能夠帶你們四處看看。」

「你以前來過這裡？」薇吉妮亞問。

「嗯，對啊。我研究杜利普的考古挖掘現場，那是個非常有趣的遺址，大約在公元八百年到一千六百年之間，由雲波人建造的。」

莫蒂跳上吉普車的副駕駛座，麥西伯伯發動引擎，薇吉妮亞、達克斯和柏托特趕忙坐上後座。

「基多是厄瓜多的首都，建設在古印加城市的根基上面，」麥西伯伯蓋過嘈雜的引擎聲大聲說著，「這一帶有很多有趣的遺址。」

「等等，這車沒有安全帶！」柏托特大叫。

「哦，好吧，那你們最好抓牢一點。」麥西伯伯哈哈大笑，吉普車沿道路顛簸著前進駛離機場，雨水傾洩在防水布車頂上。「你們曉得基多是世界上第二高的首都嗎？」他回頭說，「它位在安地斯山脈的山麓丘陵上，也是第二靠近赤道的城市，**而且**，」他高興的大笑，「它就在一座活火山旁！」

「火山？」柏托特尖叫。

「真是適合我們大冒險的地方。」薇吉妮亞開心的說。

「你們必須擔心的不是火山，」莫蒂故意說，「而是地震。」

「地震？」柏托特哀號。

「太棒了！」薇吉妮亞對達克斯展開笑容。「真好，我們終於來到這裡了，對不對？」

達克斯點點頭，看著窗外鮮豔明亮綠褐相間的厄瓜多農田。這裡的顏色與眾不同。

麥西伯伯開了幾個鐘頭的車，不時指著車外說出山脈、火山，及植物的名稱，講述厄瓜多的歷史故事。自始至終，達克斯都凝視著前方綠樹覆蓋的山巒。他父親就在那裡某個角落，被盧克莉霞·卡特俘虜、隱藏起來。

「爸，我來了。」他低聲說，唯一近到可以聽見他說話的巴克斯特用長牙溫柔的摩擦他的脖子。達克斯有時候覺得一隻甲蟲竟然比任何人都了解他很荒謬，有時候又認為非常合乎情理。

在倫敦的時候，達克斯認為等待出發很難受，然而現在到了厄瓜多這裡，感覺卻更糟。他的思緒不斷互相衝擊有如雷雨雲，在他心上落下恐懼的雨點。他告訴自己百歐姆只不過是棟建築物，裡面有實驗室，可能還有昆蟲農場，養了數百萬隻甲蟲。盧克莉霞·卡特的甲蟲——一批強大、憤怒的甲蟲大軍。

自從電影獎以來，達克斯一直絞盡腦汁，努力思考能夠摧毀盧克莉霞·卡特甲蟲大軍的方法，但是有個想法一次又一次難倒他。

「如果我殺了她的甲蟲，那我是不是跟她一樣壞？」他凝望她所藏身的蒼翠繁茂的山巒，「我摧毀她成千上萬隻的甲蟲和她燒掉甲蟲山有什麼差別？」

事實是，他不想殺害任何一隻甲蟲，永遠不想，就算是盧克莉霞·卡特的也不例外。

他伸出食指輕輕碰觸巴克斯特犄角的尖端。巴克斯特跟甲蟲山的其他甲蟲全都曾經是盧克莉霞・卡特的甲蟲，牠們都來自她的實驗室。

「我認為你不是下得了手的那種人。」薇吉妮亞的話訓斥著他，他看向她，雨已經停了，她正跪著解開另一邊的防水布車頂。她把頭伸出吉普車頂端，風將她的辮子猛然往後吹，馬文死命抓著她的髮辮。

「瞧！是雞耶！」薇吉妮亞一邊指著一邊大叫。「香蕉！你們看！你們看！一頭牛！」

我不是冒險家，薇吉妮亞才是冒險家。達克斯領悟到這點覺得有些沮喪。他突然想起伯伯曾經這樣說過他父親：「他的冒險是在腦袋裡思考。他探索自然的結構，實驗各種可能性，那些全都在他腦袋的範圍內。」

「或許我像爸爸吧。」達克斯低頭看著巴克斯特，牠那雙接果木莓般的眼睛回視他，眨也不眨。「也許我是科學家。」兜蟲張開嘴微笑。他心想，**「誰會為這裡的甲蟲挺身而出？——沒有人。為什麼所有的事情總是圍繞著人類打轉？」**他轉頭望著窗外不時被油井或農場遮斷的茂盛植被景色。他是甲蟲男孩，或許他應該拯救的不只是爸爸、諾娃，和史賓賽，或許甲蟲也需要被援救，於是一小顆計畫的種子在他的腦中萌芽。

吉普車駛離道路，轉進一條泥土小路，橘紅的泥巴從敞開的窗戶噴濺進來，薇吉妮亞開心得尖叫。吉普車在小路上蹦跳著前進，達克斯咬緊牙關，以免不小心咬到自己的舌頭。

「哇——哇——哇—哇—哇—哇—哇——！」薇吉妮亞一直張著嘴，享受顛簸帶來的顫音樂趣。當吉普車從高大樹叢的另一端出來，突然停在一座湖前面，她才沉默下來。

「喔，哇！」薇吉妮亞在汽車座位上站起來，環顧四周。「這地方真是棒極了。」

「大家還好吧？」麥西伯伯轉過身來。

「我有點想吐，」柏托特輕聲坦承，「我們到了嗎？」

「還差一點。」麥西伯伯說，「旅館在湖對面。我們要搭船過去。」

柏托特呻吟了一聲，薇吉妮亞卻火速飛奔下吉普車。

有一條小徑通往靠椿子懸浮在水面上的木棧道，達克斯可以看見湖的對岸有一棟木造建築掩映在樹林間。一艘覆蓋著藍帆布、搖搖晃晃的老汽船已經噗噗作響的横過水面朝他們駛來。在靠近的岸邊，一大群蚊子在湖面上顫動，偶爾有隻色彩鮮豔的凸眼蜻蜓侵入，正在找尋一頓晚餐。

「我們可以在舒服的床上睡一晚，」麥西伯伯說著從吉普車後面搬出旅行箱，「所以好好享受吧。」

「我很期待回到吊床上。」達克斯說，麥西伯伯大笑起來。

「這是我到過最棒的地方了。」薇吉妮亞說，達克斯走過來跟她一起站在木造碼頭的盡頭。「甚至比洛杉磯還好。」

「你聞得到森林的味道嗎？」達克斯眺望湖對面那一片翠綠蓊鬱的樹林，微微笑了。

薇吉妮亞點頭，「整個地方散發出溼潤樹木的氣味，叫人心曠神怡。」

她說得沒錯，這是地球上最美好的地方。達克斯發現一對綠翅金剛鸚鵡停在高處的樹枝上，他突然想起了之前的電影獎頒獎典禮，於是將竹籠舉到肩膀上。

「進去吧，巴克斯特。我們絕對不能忘記這裡是掠食者與獵物的國度。我可不想要你被吃掉。」他用手肘輕推一下薇吉妮亞。「你也應該把馬文放進籠子裡，你瞧。」他指著那些鳥兒。

柏托特謹慎的拖著腳走過棧道加入他們。牛頓已經在他脖子上掛著的小籠子裡。「你應該用帶子把你的竹籠綁在頭上，就像頂帽子，」薇吉妮亞咯咯發笑，「以防牛頓想念你的頭髮。」

船停靠在碼頭邊，他們一起擠進去。當他們寧靜的滑過湖面前往旅館時，就連柏托特也露出笑容。

到了對岸，一條之字形的木板路帶他們走向入口。達克斯跟薇吉妮亞跑在前頭，興奮的想看他們過夜的地方。旅館是一棟大型木造建築，有接待處、餐廳，和公共休息區。數間小木屋全都蓋在粗短的木樁上，尖尖的屋頂是以竹條搭成，散布在旅館四周。

旅館經理是個爽快的厄瓜多人，名叫米蓋爾，他露出牙齒笑著帶他們到小木屋去。

「家庭套房！」他說著推開門。

薇吉妮亞跳著跑進去東張西望。「太棒了！」

兩張巨大的雙人床和一張單人床都垂掛著白色蚊帳，豎立在拋光的軟木地板上。房間中央有張圓桌，上面擺了一只插著雅致蘭花的玻璃缽，天花板上有旋轉吊扇保持室內涼爽。

「這正是我想像中的天堂。」柏托特推開浴室門，好讓他們能看見由咖啡色的馬賽克磁磚與白瓷構成，燈光迷人的庇護所。

「莫蒂和薇吉妮亞，你們睡一張床，」麥西伯伯指著，「達克斯跟柏托特，你們可以睡另一張。我睡單人床。應該沒有人想聽我在他們耳邊打呼。」

「喔，我的天啊。」莫蒂站在小屋另一側的木桌旁。各種各樣的國際報紙呈扇形展開在桌面上。她拿起《每日信報》好讓他們能夠看到頭條新聞：

時尚界大爆炸——女裝工廠遭到轟炸！

國際軍隊確定印度的卡特女裝紡織廠極可能是異常甲蟲的來源，這群甲蟲近來不斷侵擾全球各地的糧食作物。昨晚在一連串獲得印度政府支持的戰略性攻擊中，卡特女裝紡織廠化為瓦礫。據報並沒有人員傷亡，當地居民說工廠已經荒廢了好一段時日。

據目擊者稱，轟炸工廠點燃了導火線，造成那條路前方三英里處一間廢棄的農舍爆炸坍塌。

第二次的爆炸釋放出一大群椰子犀角金龜和東方白點花金龜，襲擊鄰近的農田，範圍達直徑一英里。目前據絕望的農人回報甲蟲為患，而且正攻擊他們的椰子樹和芒果作物。

「他們正在轟炸她！」柏托特的兩眼睜大。他看向達克斯。

「是啊。」薇吉妮亞走到莫蒂旁邊，拿起報紙。「不過盧克莉霞．卡特立刻反炸回去。從那一大群椰子犀角金龜和東方白點花金龜，以及工廠早已清空的事實來看，她早就預期他們會炸掉她的服裝工廠。他們那麼做**正中她的下懷**。」

「不過那表示萬一他們找到了百歐姆，就可能會炸掉那裡！」柏托特顫抖著聲音說。

「不過……如果他們轟炸她在印度的工廠，」達克斯領悟到，「那表示他們還不知道百歐姆的存在。」

「我敢打賭無論盧克莉霞．卡特在哪裡，那裡鐵定是世界上最安全的地方，」麥西伯伯嘆口氣說，「我希望所有政府在投擲炸彈到亞馬遜雨林之前能夠三思。那麼做將會嚴重傷害地球的生態。」

「你希望他們會三思而後行，」莫蒂咕噥著說，「不過人類卻可以非常愚蠢。」

達克斯的頭痛了起來。他需要透透氣，清醒一下腦袋。走出小屋，他留意到空地對面有座觀景臺。一座大梯子繫在龐大無比的樹幹上，頂端有個圓形平臺，讓觀景的人能夠看向四面八方。達克斯受到吸引走過去。

「嘿，」薇吉妮亞大喊，慢跑到他旁邊，「你要去哪裡？」

「我想爬上那裡看看。」達克斯指向觀景臺。

「喔，我也要去。」

「等等我，」柏托特在他們後面喊道，「你們要做什麼？」

「我們要上去那裡，」薇吉妮亞回頭大聲說，指一指上面。

柏托特停頓一下，望著那棵高大的樹。他吞了下口水，不過還是急忙加入他們。

「記得要查看有沒有蛇，」他說，「我的書上說攀爬任何東西之前都要先查看有沒有蛇。」

達克斯先爬，柏托特在中間，薇吉妮亞殿後。抵達平臺後，達克斯倚靠在木頭欄杆上，薇吉妮亞吹了聲口哨，他們三人從連綿起伏的樹梢瞭望出去。

「好像一大片的青花菜，」她說，過一會兒後又說，「我餓了。」

太陽西沉，天空塗抹上粉紅與金黃色。

「盧克莉霞．卡特就在那裡面的某個角落，」達克斯用雙手托著下巴說，「我爸爸也是。」

薇吉妮亞和柏托特點點頭。

「你們認為……」達克斯停了一下，「你們認為盧克莉霞．卡特的甲蟲很壞嗎？」

薇吉妮亞皺起臉來思考這個問題。

「我不認為牠們很壞，」柏托特說，「是盧克莉霞・卡特逼牠們做壞事。」

「沒錯。」達克斯點頭，「我也這麼想。」

14 從中穿越的河

亨弗利對樹上的吼猴低聲咆哮。牠們朝他投擲樹枝和大粒的種子，高聲尖叫、大笑的嘲弄他。「我討厭大自然！」他對皮克林大吼。「這裡不但會扎人、咬人，還弄得人好痛！」

皮克林大力的猛點頭，難得一次贊同他憤怒的表弟。叢林跟他想像的不一樣，是個充滿敵意、野蠻的地方。他肚子餓扁，渾身發癢，又害怕遭到短吻鱷或美洲豹襲擊。隨著日子一天天過去，他越來越確定如果再不快點進入盧克莉霞・卡特的大溫室，他就會死在這座叢林裡。「我們得找條路進去那間大圓頂建築。」他說。

「我們可以直接走去敲窗戶，敲到他們放我們進去為止，」亨弗利回應，「我已經不在乎她是不是在氣我們扔掉她的衣服了。」

「**可以啊！**」這簡單的提議讓皮克林驚訝得說不出話來。

忽然一顆石頭擊中亨弗利的後腦杓。他抬起頭來，對淘氣的猴子吼叫、揮舞拳頭，卻慘遭椰子砸中臉，兩顆門牙被打落，掉進喉嚨裡。他一時噎住，將門牙咳到叢林地上。

「我的牙牙此此此此！」他跪到地上在樹葉裡翻來翻去找尋門牙，可是門牙不見了，消失在樹葉覆蓋物之中。

「好了！我欶夠啦！」他含著眼淚口齒不清的說。「帶我離開仄裡，皮克林，不然我發四我會把你疵掉，我已經餓到什麼都吃得下。」

「走吧。」皮克林用兩手護住頭部，以免被更多猴子投擲的東西擊中。他們匆忙跑回直升機起降場時，皮克林發現猴子扔來砸中他的東西很柔軟，便鬆了一口氣，不過等到達空地時，他聞到一股猴子的糞便味，一團團橙褐色的大便濺灑在他的頭部、手臂，和肩膀上。

「為什麼？」他尖叫。**「為什麼我總是被大便砸到？」**

「起嘛你還有牙此。」亨弗利嘟囔著說。

「我不能這樣子走去敲窗戶。」皮克林查看自己沾滿猴子大便的肩膀。盧克莉霞．卡特現在絕對不會想親他。他轉向表弟，「看看你，你渾身都是血。」

「我才不在乎呢。」亨弗利咕噥著說，用拳頭背後擦拭下巴。

「在溫室圓頂建築另一邊有條河，我們先游個泳再去敲窗戶。」

「好啊。」亨弗利贊成，邁著重重的腳步往河的方向去。

他們走了大半個鐘頭才到達河邊，河水因為下雨漲了起來。水面平靜，不過把腳趾頭伸進水裡之前，亨弗利跟皮克林先仔細查看是否有短吻鱷。等確定水中沒有打算吃他們的東西以後，他們脫到剩下已經穿了兩個多星期的內褲，蹚進混濁的水裡。他看不見河底，不過皮克林很慶幸的發現水深只及腰部。

「你看，這條河流進溫室耶！」皮克林往上指，那棟玻璃圓頂建築橫跨在水路上。他興奮的如小鳥振翅般拍動雙手。「看起來河水好像直接從中穿過，你想我們能夠由這裡進去嗎？」他搖晃身體往前走，拖著細長的雙腿在水中行走，直到抵達河中間，強勁的水流將他的身體拉向圓頂建築。「亨弗利，過來看一下。」他跌跌撞撞的向前走，抓住一根低垂的樹枝，兩腳離開河床。「河水流經一條坑道，那裡有道鐵格柵，不過格柵範圍只到水面。我們可以潛到格柵下面游進去！」

「真的嗎？」亨弗利走到皮克林背後，視線越過他表哥盯著黑暗的坑道裡面。

「我們游進去吧，偷偷逛一逛，找到他們的住處，偷些乾淨的衣服。」他看一眼殘餘的印花洋裝，那是他在電影獎當天早晨穿上的，如今孤單的掛在樹枝上，旁邊是破爛不堪的草帽。他們頭一次進入叢林時，洋裝的裙子就被扯掉了，所以現在比較像是件汗漬斑斑的寬鬆外衣。他留著那頂草帽是因為希望可以防蚊，但是他跟亨弗利的臉和身上全都是蚊子叮咬過的大腫包。他極度渴望離開叢林，但是假如有辦法讓盧克莉霞看見他穿另一套衣服，他絕對會選擇那麼做。

「這主意不壞。」亨弗利承認並咂了咂嘴，皮克林看得出來他表弟正在想要是他們

真的進去了或許可以找到食物。

「走吧。」皮克林放開樹枝，涉水走向鐵格柵。「我打賭在那裡面的某個地方一定有美味的烤肉大餐。」

他們後面傳來響亮的劈啪聲，好像大樹枝折斷的聲音。他跟亨弗利立刻轉身，掃視河流兩邊的叢林。

「那是什麼？」亨弗利問。

「你覺不覺得有人在監視我們？」皮克林小聲說。

「是那些該死的猴子啦！」亨弗利低吼。

「不是。」皮克林搖搖頭。「從我們一踏入叢林我就感覺到了。好像有人類的眼睛盯著我看，跟蹤我們。」

亨弗利笑得太厲害，推了皮克林一把，皮克林在河裡失足跌倒，氣急敗壞的爬起來。

「你幹麼推我啊？」他大叫。

「拜託，皮克林，」亨弗利嘎嘎大笑，「誰會跟著我們在叢林裡走來走去？究竟誰會想那麼做？」

皮克林心知表弟說得沒錯。他聳了聳肩。「我只是擺脫不掉被監視的感覺罷了。」

「走吧，我的肚子在咕嚕咕嚕叫，我們快進去裡面吧。」亨弗利大步走向鐵格柵，急速彎下身體，頭沉到混濁的河水下面，再從柵欄另一邊冒出。「簡單得很。」他說。

皮克林游到鐵格柵前，轉身向後沉入水中。在移動時，他以為自己隱約看到樹上有張金髮女人的臉。到達鐵格柵另一邊後，他跳起來抓住鐵柵欄，緊盯著他認為看見熟悉面孔的地點，但是那裡什麼也沒有，只有刺眼的濃綠樹葉。

「我想我可能快要發瘋了。」他咕噥說著搖了搖頭。

「你早就瘋了吧，皮克林，」亨弗利哼了一聲，「記得你那帶著拖車的可笑腳踏車嗎？還有你從街上撿來的那堆垃圾，還以為你真的能夠賣掉？」他搖頭捧腹大笑。「瘋了！」

皮克林怒目瞪著他。「哼，起碼我的牙齒一顆都沒少。」

15 捕食水池

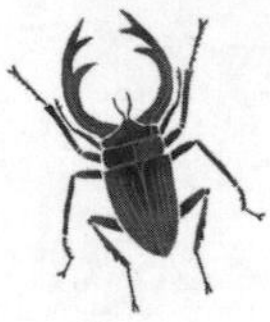

皮克林跟在表弟後面涉水進入幽暗的坑道。他專注的盯著前面不斷前進的蒼白、肥胖的背影。

「這裡有另一道鐵格柵，」亨弗利說，「我們得潛到水底下才能通過。」

「那就潛吧。」皮克林沒好氣的說。

亨弗利急速下潛，停頓很長一段時間才從另一邊重新浮出水面。

「這道鐵格柵比較深，」他上氣不接下氣的說，「我差點鑽不過去。」

「我想這對我來說不成問題。」皮克林幸災樂禍的說完捏著鼻子往下潛。河床與鐵格柵底部有一公尺左右的間隙。皮克林從另一邊浮起來時暗自發笑，心想亨弗利從底下鑽過去時肯定感到非常驚慌。

「最好不要再有鐵格柵了。」亨弗利低聲咆哮，不確定是否要繼續前進。這段坑道幾乎是一片漆黑，而且水位現在深及腹部。

「如果還有另一道格柵，我就先潛進去了。」皮克林回應，「拜託，我們已經到這裡了。我以為你肚子應該餓了？」

「我是餓了。」亨弗利同意。

他們走在坑道裡，皮克林逐漸意識到轟隆隆的聲響。亨弗利抓住皮克林的一隻手，但是水流卻將皮克林往前拉。忽然間地面陡降，皮克林放聲尖叫。亨弗利即時揪住他的頭髮，皮克林則舉起雙手緊抓住亨弗利的臂膀，身體懸在瀑布的邊緣，靠著亨弗利的體重才沒有被沖走。他順著亨弗利的手臂攀爬，兩腿圈住他厚實的軀幹。兩人低頭查看陷入黑暗中的垂直距離。

「你覺得這裡有多深？」皮克林想知道。坑道的牆壁是由金屬砌成，天花板及兩側都很光滑。

「也許我們應該弄清楚。」亨弗利說。

「我才不要下去那裡！」皮克林大聲驚叫。「我會摔斷脖子！」

「也可能不會。」亨弗利說服他。

「但是有可能啊！」

「嗯，我不打算回去叢林，」亨弗利說，「而且如果走這條路可以吃頓像樣的飯，」他指著底下的黑暗，「那我就要往這裡走。」

「現在是誰瘋了？」皮克林鬆開勾住亨弗利腰部的雙腿，驚恐的張望四周。

「我會坐在邊緣滑下去。」亨弗利看著皮克林。「你要的話，可以坐在我腿上。」

皮克林震驚得挺直了脖子，因為這是亨弗利對他說過最親切的話。「真的嗎？」

「我的襯墊夠我們兩個用了。」亨弗利咧嘴一笑，彎下身體坐下，兩腿懸在瀑布上方，左手平貼在坑道牆壁上，以免被沖到邊緣外。他拍了拍膝蓋，「來吧，皮克林。」

皮克林急忙爬上亨弗利的大腿，閉上雙眼。

「你準備好了嗎？」亨弗利問。

皮克林點點頭。

「一、二、三！」

皮克林感覺亨弗利推他一把，他大聲尖叫著滾下瀑布──獨自一人。幾秒鐘後，他發覺瀑布是傾斜的，像座滑梯，最後他衝進一間昏暗房間裡的小潟湖。

「你死了嗎？」亨弗利在他後面大聲問。

「你這個背叛者、卑鄙、可惡的蠢蛋！」皮克林尖聲說。

亨弗利沒有回應，不過一分鐘後，他轟隆隆的滑下瀑布宛如一顆炮彈，腹部先衝進水池裡發出如雷的撞擊聲。過一會兒後他浮出水面，一面嗆咳，一面揉著肚子。

「你可能會害我丟了一條命！」皮克林對他大吼。

「你還活著，不是嗎？」亨弗利聳一下肩。「而且我們離『吃飯』又更近一步了。」

他環顧四周。「我們在哪裡？」

「你看那邊。」皮克林游向六角門的輪廓。「哦，這裡的水流好強勁。」他更奮力的游。「一直把我往下拖。」他拚命用狗爬式划水對抗水流，專心一意想要游到門邊。

「唉唷！」亨弗利尖叫起來。「滾開！」

「我離你遠得很！」皮克林大喊，他用兩手划著將他往前拉的河水。

「不是你啦。唉唷！」亨弗利猛然拍打水面。「這裡面有**活的**東西跟著我們，牠正在咬我。」

皮克林在水裡劇烈的動來動去，驚慌得更加快速度踢腿。他必須游到那扇門。「那是什麼？」他大喊。「鯊魚？鱷魚？」

「都不是，」亨弗利咆哮，「牠們非常小隻，但是數量很多。啊——」他半滑半游的朝皮克林前進。

「離我遠一點，」皮克林尖聲大叫，「我不想被咬。」六角門的底部有門檻，他就快到那裡了。他往前伸長手臂，奮力把身體往前一划抓住門檻。這裡的水流較弱，不再把他往後拽。他順著門往上摸索。

「沒有門把！」他絕望的大喊。

「啊啊啊啊啊啊啊啊啊啊啊啊啊！！！！！！！！」亨弗利高聲尖叫。

「救我！帶我離開這裡！」

皮克林驚恐的盯著他表弟，亨弗利猛烈的動來動去，一半淹沒在水裡。他預期隨時會有鯊魚突然衝出水面將亨弗利撕裂。「那是什麼？」恐懼在他胸口急速上升，他好想吐。

「牠們在我的褲子裡！」亨弗利急忙把手伸進內褲，掏出一把黑色的東西。「牠們在咬我的雞雞！」

「那是什麼？」皮克林睜大眼睛看著那些黑色小蟲，忽然沒那麼害怕了。

「是該死的**甲蟲**！」亨弗利勃然大怒，使勁將甲蟲扔過水面。「游泳的甲蟲！你知道甲蟲會游泳嗎？」

皮克林搖搖頭，亨弗利大聲抱怨。

「這星球上所有討人厭的生物裡面，我最恨甲蟲了。」他不停用拳頭擊打水面。「去死吧！去死吧！去死吧！啊啊啊——」

「冷靜一點，只不過是甲蟲罷了，」皮克林咆哮，「有人會聽見我們的聲音。」現在知道咬人的怪物是昆蟲，不是巨大的鯊魚，他覺得勇敢多了。「唉唷！」有東西掐他的手肘。他低頭查看水面，在昏暗的橙色光中，他能看見水面上閃爍著湯匙大小的深褐色影子。他努力撥開水，但是那些黑色影子潛下去，一秒後他感覺上千張小口叮咬他的腹部和大腿。他激烈的扭動身體，想要拂去蟲子。「啊——！我的乳頭！」他高聲嚎叫，甲蟲開始緊接著繼續咬。「**這是什麼甲蟲啊？**」他叫嚷著拍打胸部，想要殺死討厭的咬人蟲。

「捕食性龍蝨。」一個昏昏欲睡的聲音在他上方說。

皮克林抬起頭看——那道門開了。丹奇許彎下身體抓住皮克林的雙臂，將他拉出水池扔到地上，甲蟲也退回到水中。

亨弗利胡亂揮舞著手腳前進，絲毫不受水流困擾，丹奇許幫忙拉他上岸，哈哈大笑的看著他跳來跳去，邊搖屁股邊拉扯褲子，努力弄出最後幾隻蟲子。

丹奇許從口袋拿出一個黑色正方形的小螢幕。他觸摸螢幕一下，一個白色六角形出現了。「柯雷文？你絕對猜不到找在甲蟲池裡發現了什麼人？是那兩個大賣場的怪咖……對！就是他們！」

16 雲霧林

達克斯、薇吉妮亞，和柏托特天亮就起床，穿戴上徒步旅行的裝備。他們身穿迷彩服，口袋裡裝滿了基地營甲蟲，還有幾小罐果凍。柏托特扣起卡其襯衫的鈕釦塞好，再整理一下衣領。達克斯和薇吉妮亞的襯衫鈕釦沒扣，套在黑T恤上當外套穿。他們各背一個背包，裡面裝了一根小吸蟲管、一瓶水、求生包，及個人物品：柏托特帶了媽媽的照片，薇吉妮亞帶了一隻獨眼的豆袋泰迪熊，名字叫點點，達克斯則帶了《昆蟲蒐集手冊》。

達克斯知道亞馬遜裡危險四伏，不過他主要還是為甲蟲擔心。他讀到甲蟲是鳥類和其他飢餓動物的食物來源。他可不希望巴克斯特被飢餓的猴子眼明手快的從他肩上搶走。他很感謝石川博士送的禮物，只要巴克斯特待在他脖子上的竹籠裡，他就能確保這隻兜蟲平安。

麥西伯伯僱用了當地一位名叫安傑羅的嚮導帶他們進入森林，不過麥西伯伯沒有告訴他最終目的地。莫蒂聽見旅館員工悄聲說有個女巫住在森林深處，因此麥西伯伯認

為最好別提他們要去哪裡。標註著百歐姆座標的地圖安全的放在他的背包裡，所有人在麥西伯伯和安傑羅後面排成一行，由莫蒂殿後。他們出發去尋找盧克莉霞・卡特的巢穴了。

森林裡暗得驚人，陽光難以突破樹冠層，永遠無法照射到森林地面。空氣中充滿了樹木呼出的溼氣，他們一行人默默的走著，只聽得到彼此的呼吸聲。但他們頭上的森林卻喧鬧無比，鳥兒互相呼喚回應，孤獨求偶的鳥兒唱著怪異感傷的情歌，急促的啁啾聲不時穿插其間，隱藏起來的蟾蜍和青蛙齊聲呱呱叫，猴子高聲尖叫歡呼，從一棵樹跳到另一棵樹，不過儘管周遭聲音嘈雜，達克斯卻只聽得見聲音，看不到動物的蹤影。

達克斯發現，雖然溫暖的空氣中飽含氧氣，但吸進他肺裡的似乎止不住身體對氧氣的渴望，而且隨著他往地球上最多樣化的地方前進，呼吸也逐漸困難起來。走了一個鐘頭後，他們停下來休息，達克思抬頭凝視樹冠層，好奇為什麼聽得到聲音卻看不見任何動物。靜止不動數分鐘後，他的注意力轉移了。

「你們看！」他大喊，發現有隻熟睡的樹獺倒掛在樹枝上。「是樹獺耶。」

「在哪裡？」薇吉妮亞急忙轉過身去看。

「真希望我能夠那樣子睡覺。」麥西伯伯輕聲笑著說。

過一會兒下起雨來。達克斯以前從不明白「雨季」這個詞彙——雨能夠下多大呢？然而這場雨跟英國的截然不同，這裡的雨是傾盆而下，大到幾乎看不見前面一公尺處有什麼。嚮導表示再繼續走很危險，便指引他們到避雨的地方。他們等待暴風雨平息，看著小徑變成褐色的溪流，兩隻大水獺游了過去。

不久，雨停了，如同來時一樣突然，太陽出來了。空氣立刻充滿溼氣，根本無法知道是空氣裡的水分凝結在皮膚上形成水珠，還是濃密的暖空氣宛如一層多餘的衣服，逼身體排出汗來。達克斯的黑髮黏在臉上，平常黃棕色的臉頰微微發紅。

他們邊走邊用餐。麥西伯伯從旅館買了些三明治和水果，隨著時間流逝，他們的驚嘆和指指點點逐漸消失，只剩下在撥開藤蔓，費力爬過苔蘚覆蓋的岩石，以及被纏繞的樹根絆倒時會發出聲音。

到下午三點左右，麥西伯伯宣布他們進展得很順利，應該找地方紮營過夜。他們停下來喝瓶了裡的水，嚮導表示沿著小徑再往前走一點有塊空地。

「達克斯！」柏托特招手叫他過去。「過來看看這個。」他站在一棵樹下，抬頭凝視著樹幹。「看起來像某種吉丁蟲。很漂亮呢。」

柏托特拖著腳走過樹葉覆蓋物，想要更接近那棵樹時，達克斯看見一條蛇的頭從樹葉覆蓋物中伸出來。「柏托特！」他大叫，飛奔向他的朋友。

柏托特放聲尖叫，腳步踉蹌的往後退，摔到地上，蛇頭往前猛衝。安傑羅拿著手杖撲向攻擊的蛇，按住蛇的頸部，將蛇頭固定在地上，再把蛇撿起來移到遠離一行人的地方。

「柏托特！你還好嗎？」薇吉妮亞和達克斯扶他們的朋友從森林的面起來。

「嗯——唉唷！安傑羅，謝謝你。」柏托特試著站起來時皺起眉頭。「那條蛇沒有咬到我，不過我想我扭到腳踝了。」他強裝勇敢，一拐一拐的離開那棵樹。「我沒事。只是需要一點時間。」

達克斯看向麥西伯伯。

「在我們找到紮營地點之前，我背你好嗎？」麥西伯伯向柏托特提議。

「不用了，真的，我很好。」柏托特說，看起來臉色蒼白。

「我堅持這麼做。」麥西伯伯卸下背包交給莫蒂。「來吧，跳上來。我們得在天黑之前打點好。」

在薇吉妮亞的幫助下，柏托特爬上麥西伯伯的背。

「柏托特，你輕得像羽毛啊！」麥西伯伯驚呼，起身跟在安傑羅後面。

「那是條矛頭蛇！」薇吉妮亞低聲對達克斯說。「可以讓他丟了性命。」

達克斯點點頭。「不過並沒有。」他邊走邊用眼睛搜查地面，心臟怦怦直跳，蝮蛇

竄起的影像在他腦海中一遍又一遍的播放。

「我有急救包，」莫蒂對柏托特說，「等我們一紮好營，我就馬上幫你包紮腳踝。」

終於他們來到一塊地勢較高的空地，四周圍繞著樹幹結實的樹木。安傑羅指著空地另一側的一根長桿，那是根被砍倒、吊掛在兩棵樹之間的細長樹幹，看來這地點經常被當成營地使用——甚至還有個燒黑的火坑。

麥西伯伯拿出一塊折疊起來的塑膠布，他稱之為臨時遮篷。他在塑膠布的一角綁上一塊石頭然後扔過長桿，移除石頭後，他拉開塑膠布，將拉繩穿過四角及側邊的套環。接著他跟安傑羅爬上周遭的樹，將繩索繫在樹幹上，再把塑膠布伸展開來拉過空地，成為供他們避雨的遮篷。

達克斯和薇吉妮亞迅速鑽到遮篷底下，扭動身體、卸下背包，拿出自己的吊床，那是用橙色降落傘布製成的，外面有層透明蚊帳的帳篷。

「喏，把你的給我，我幫你掛。」達克斯對爬過來坐在他身旁的柏托特說。

「對，讓達克斯和薇吉妮亞鋪床吧。」莫蒂說。她從背包拿出盥洗包，取出一捲繃帶，「我需要檢查一下你的腳踝。」

薇吉妮亞和達克斯把五張吊床掛在中央那棵樹上，再將吊床的尾端分別綁到空地四周的樹上，在臨時遮篷底下形成一顆橙色的星星。然後他們挖空舊的火坑，再用乾的引火柴生火，引火柴是麥西伯伯包在塑膠袋裡背來的，現在他正到處尋找不太溼的枯木。

柏托特背靠在中央的樹上坐著，一腳放在莫蒂的大腿上，她輕輕脫下他的靴子和襪子。達克斯看見他的腳踝腫起來，而且有紫色的瘀青。

「哎呀，這很嚴重呢！」她咕噥說著解開繃帶。「看起來像扭傷。」

「不過，我不會有事的，對吧？」柏托特不安的問。「我明天就能夠走路了吧。」

「我相信你一定可以的。」莫蒂說，不過她的口氣聽起來不大確定。

17 巨型甲蟲

日出時達克斯就醒來了。他爬出睡袋，拉開蚊帳帳篷，走進潮溼的亞馬遜早晨。所有東西都滴著水，不過至少沒有下雨，臨時遮篷底下的那一小塊地面似乎大多是乾的。

莫蒂已經起床，盤腿坐在地上，正設法讓昨晚的餘燼復燃。

「早啊。」達克斯輕聲說，不想吵醒其他人。

「早，達克斯。」她回應，薄薄的嘴唇彎出哈巴狗似的笑容。「我想要把火弄大一點好泡咖啡。我這個老油箱需要加點油。」她拍拍胸脯，「我們今天要走很長一段路，我的腿又不像你們的那麼年輕。」

「你認為柏托特能夠走完嗎？」達克斯問。

「他想試試看。」莫蒂說。「我昨晚提議要帶他回旅館，不過他非常難過。」她停了一下，然後點點頭，「我相信他一定能夠走完。」她指向一棵樹，「你伯伯昨晚幫他做了根拐杖。」

達克斯看見一根長的Y字形拐杖，旁邊有四根較小的。

「其他幾根是做什麼用？」

「給我們一人一根，查看前方的地上有沒有蛇。安傑羅說蛇無所不在。」

空氣中瀰漫著咖啡的香味時，營地其他人開始動了起來。薇吉妮亞必須扶柏托特下吊床，雖然他說覺得好多了，但達克斯不相信他，因為柏托特一把重量放到右腳上，臉就疼得扭曲起來。

安傑羅從樹林中出現，愉快的協助他們收拾臨時遮篷與吊床。

不到一個小時，他們就收拾好行李再度前進。

柏托特有效利用麥西伯伯為他做的拐杖，拄在胳肢窩下，每隔一步就倚靠在上頭，不過拐杖拖慢了他的速度，使他筋疲力竭。薇吉妮亞走在他旁邊，歡快的閒聊著，希望能振作他的精神，莫蒂則走在他們後面。

達克斯跟安傑羅、麥西伯伯走在前面，非常渴望向前推進找到百歐姆。隨著上午的時間逐漸逝去，他對緩慢的進展不由得感到越來越沮喪。他看到安傑羅輕鬆的大步走在森林裡，知道哪裡會絆倒、哪裡有陷阱。當樹林變茂密，路變得較難走時，安傑羅便抽出一把大彎刀劈砍樹枝，為他們開路。

他們停下來吃午餐，順便讓柏托特休息時，安傑羅先到前面偵察開路。達克斯狼吞虎嚥的吃掉三明治後站起來，漫步跟在安傑羅後面；他忽然聽見安傑羅大叫，立刻衝向前，警覺的睜大眼睛。他緊抓住拐杖，做好看到美洲豹的心理準備。安傑羅噔噔噔的朝他跑來、躍過樹根，宛如奧運的跨欄選手。達克斯迅速跳到一旁，差一點點就被這個受到驚嚇的男人給撞倒。

「!Un monstruo! Monstruo!（怪物）」嚮導安傑羅用西班牙文大喊。

「那是什麼？¿Que es?（那是什麼）」麥西伯伯跳起來抓住安傑羅的上臂，用西班牙文問。「¿Que es?」

「!Un escarabajo gigante!（一隻巨型甲蟲）」安傑羅激動的指向小徑後面。「!Uno de los animales de las brujas!!（女巫的動物）!Un escarabajo gigante!（一隻巨型甲蟲）」他掙脫麥西伯伯的手跑走，沿著他們早上開闢的那條小徑往回走了。

達克斯知道escarabajo是西班牙文的「甲蟲」，Gigante跟英文裡的「巨大」意思差不多，他悄悄的往前走，拾起安傑羅掉落的彎刀。

「巴克斯特，」他對脖子上竹籠裡的兜蟲小聲說，「你感覺到有任何危險嗎？」

巴克斯特搖搖頭，達克斯較為放心的往前走。他背後傳來啪的斷裂聲，回頭看一眼，發現麥西伯伯和薇吉妮亞就在他後面，就將大刀遞給麥西伯伯。他們可以看出安傑羅走了多遠，因為沿途樹枝被砍掉，清出一條小徑。等走到未遭破壞的繁茂枝葉前面時，他看向麥西伯伯，麥西伯伯點一下頭，把彎刀高高舉起。達克斯將茂密的樹葉小心翼翼的撥到一旁，隨即大叫一聲，舉起手來示意他不需要刀子。他蹣跚的向前走，跪在一隻巨無霸的長戟大兜蟲前面，牠的體型有一頭小象那麼大。這隻甲蟲的犄角斷了，仰天躺著，其中一條腿不見了，另外幾條腿無力的在空中划動。牠的眼睛看起來很乾澀，達克斯知這隻甲蟲快要死了。

「薇吉妮亞，快點，去拿香蕉過來。」達克斯大聲呼喊，他聽見她的腳步聲咚咚咚的離去。

達克斯小心翼翼的走到甲蟲側邊。牠剛才打過架，也許是跟短吻鱷，但最有可能是跟嚇壞了的人類。達克斯發出咯噠聲安撫牠，從側面走近甲蟲，伸出雙臂抱住甲蟲斑駁的胸部。「幫幫我。」他對麥西伯伯說。他們兩人合力慢慢幫甲蟲翻身成腳著地的姿勢。

「好了，」達克斯輕輕撫摸甲蟲的翅鞘，「這樣好多了，對不對？」

巨無霸甲蟲的腿緩慢的耙抓著地面，好像在泥土裡游泳，往下挖了一呎後牠的體力就耗盡了。

薇吉妮亞回來了。她滑跪下來，拿出所有的香蕉。達克斯剝了皮後折成一塊塊，然後伸手到甲蟲的頭部底下，把香蕉拿到牠的大顎前面。甲蟲用顫動的觸鬚察覺到水果之後張開嘴，達克斯小心翼翼的餵牠吃香蕉。

「牠會沒事吧？」柏托特從小徑上問，莫蒂在他身邊。

達克斯搖搖頭說：「我不這麼認為。」

「我們肯定能做些什麼。」薇吉妮亞說，她的嗓音嘶啞。

達克斯只是不斷的搖頭，他竭力忍住不哭。

「嚮導說這是女巫的怪物，」麥西伯伯沉思著說，「我猜女巫就是盧克莉霞・卡特。」他看著達克斯。「我在旅館找嚮導時，他們都拒絕帶我們往這個方向走。他們說這裡有邪惡的魔法。我不得不到村莊去，找到了安傑羅，因為米蓋爾迷信的態度，所以我沒有洩漏我們的目的地。」

「那麼我們鐵定是快到了。」莫蒂評論道。

「牠是我見過最美的生物。」達克斯咬著嘴唇。斷裂的殘餘犄角底部如天鵝絨般柔軟。他輕輕的撫摸，發出撫慰的聲音。「看看牠，牠真是漂亮極了。」他低聲說，「想像一下牠飛的模樣！」

「自然界裡沒有這樣的生物，」薇吉妮亞說著在甲蟲另一邊坐下來，撫摸他胸部長出的毛茸茸的絨毛，「牠絕對是**她的**甲蟲。」

達克斯提起巴克斯特的籠子。「巴克斯特，我們能為牠做什麼嗎？」

巴克斯特低下頭，達克斯垂下了頭。「沒有，我想是沒有了。」

「我們應該繼續前進，達克斯，」麥西伯伯溫柔的說，「我們還有一段路要走，而且我們現在沒有嚮導了。」

「我不能就這樣離開牠。」達克斯站起來環顧四周。他拉扯掉落的樹枝，拖過來靠在甲蟲身上。「我們得把牠藏起來，躲避掠食動物，讓牠平靜的死去。」

薇吉妮亞點點頭，跳起來幫忙將巨無霸的長戟大兜蟲掩藏起來。沒多久他們就製造出一層厚厚的偽裝。達克斯退開，對他們已經盡了最大的努力感到滿意。他看向麥西伯伯，「我準備好可以走了。」

他們取回背包動身向前走，達克斯和薇吉妮亞看地圖，麥西伯伯走在最前面揮舞彎刀。

他們緩慢的走了幾小時後，柏托特絆了一跤，大叫一聲。「我想我們必須考慮紮營了。」莫蒂說，「沒有安傑羅幫忙，我們會比昨晚花更長的時間。」

麥西伯伯點頭表示同意，「我們走到適合的地點就馬上停下來。」

達克斯放慢速度來攙扶柏托特，他伸出手臂扶住柏托特的肩膀下面，讓朋友把他當成拐杖。

「謝啦，達克斯。」柏托特露出笑容眨了眨眼。「我本來不想說，不過我的胳肢窩因為拄拐杖磨破了皮，又紅又痛。」

「你表現得很棒。」達克斯對他的朋友微微一笑，「你應該開口說需要幫忙的。」

「我不想給大家添麻煩。」柏托特眨眨眼。

他們走了大約二十分鐘後，薇吉妮亞突然響亮的「噓——」的一聲，叫大家停下來。她把一根手指放在嘴脣上。「那上面有東西，」她指著雨林樹冠層悄聲說，「已經跟蹤我們十分鐘左右了。」

達克斯驚慌的抬起頭來。「別擔心，」麥西伯伯用手遮在眼睛上，定睛細看樹冠層，「八成是隻猴子。」不過他拿起彎刀準備好。

達克斯看見高高的樹枝間有個黑色的小身影，一頭金髮往後梳，臉蛋髒兮兮但看起來很熟悉。「不會吧……」他小聲說。

「你叫誰猴子啊？」愛瑪．蘭姆低頭對麥西伯伯高聲說。

「愛瑪？」麥西伯伯說，「是你嗎？」

愛瑪．蘭姆是在第一次大賣場大戰時幫助過他們的記者，曾發誓要揭露盧克莉霞．卡特的惡行。她從樹上跳到較矮的樹枝，接著再跳到另一根，最後縱身跳到地上。

「你還活著！」薇吉妮亞大喊。她非常高興見到她，馬上一把抱住她。

「對，絕對還沒死。」愛瑪．蘭姆用拳頭輕輕搥一下肋骨。「雖然體重減輕了好幾公斤。」

「喔，愛瑪，」麥西伯伯滿面笑容，「見到你我真是高興！我試過發訊息給你，可是我們在基多時，他們告訴我沒人收件，我擔心發生最壞的情況。」

「我現在沒辦法回到文明社會。」她搖頭。「你看到發生什麼事了嗎？真是瘋狂。在電影獎之前，我設法說服了一名內部人員告訴我一些盧克莉霞．卡特的百歐姆的祕密。」

「你找到可以幫我們的人了？」達克斯問。

「已經沒了。」愛瑪．蘭姆皺了皺眉。「盧克莉霞．卡特肯定發現了他洩露祕密給我，因為後來他就沒消沒息了。」

薇吉妮亞倒吸口氣。「沒消沒息？」

「不用太替他難過。」愛瑪．蘭姆輕拍她的肩膀。「亨里克．蘭卡很清楚自己在做什麼。他是個令人討厭的傢伙，誰好就討好誰的那種牆頭草。我想他洩漏消息給我是為了以防萬一盧克莉霞的計畫失敗，他得想辦法逃避牢獄之災。不管怎樣，他明白其中的風險，而且我付給他很高的報酬以換取情報。」

「亨里克．蘭卡？」達克斯看向柏托特和薇吉妮亞。

「是法布林計畫的成員！」柏托特說。

「他有告訴你盧克莉霞．卡特在養殖巨無霸甲蟲嗎？」達克斯問。「我們剛才在那裡發現了一隻跟小象差不多大的甲蟲。牠快要死了。我們沒辦法救牠。」

愛瑪．蘭姆歪著頭思考。「他的確說過有隻實驗的甲蟲逃出百歐姆。」她皺起眉頭。「他稱牠是『恐龍甲蟲』，不過我以為他是在開玩笑。他說他們把牠拴在鏈條上，然後放出百歐姆，看看牠如何適應外面的空氣。結果那東西為了逃走，弄斷自己的犄角，還留下一條腿在鏈條裡。」

「他們用鏈條拴住甲蟲？」達克斯震驚的問。

「可憐的恐龍甲蟲。」柏托特說，三個孩子沉默下來，想著他們留在森林樹葉底下奄奄一息的溫和巨蟲。

「愛瑪，你有營地可以讓我們這些疲憊的骨頭休息休息吧？」麥西伯伯轉移話題說。「我們快要累死了。」

「我一直仿效猴子待在樹梢上，只要找到兩根合適的樹枝就把吊床掛上去，在上頭比較安全。」

麥西伯伯的臉垮下來。「喔。」

「不過，我的確知道有塊跟百歐姆隔了段安全距離的空地，你們可以在那裡紮營。」她露齒一笑，然後動身穿越樹林。「往這邊走，跟我來。」

18 愛瑪·蘭姆的情報

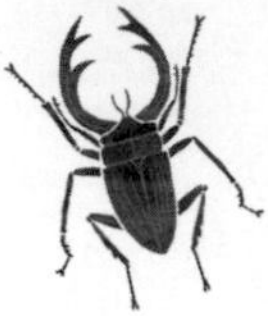

「給你一隻螢火蟲買你的想法[4]。」薇吉妮亞說，指著達克斯頭上嘶嘶作聲飛來飛去的螢火蟲。

他抬頭一看笑了。「往那方向再走半天就到百歐姆了。」他指向前面那條狹窄小徑。「我爸爸離我們不到一天的距離。」

薇吉妮亞凝視著小徑，夕陽西下，天色逐漸變暗。「明天就到了。」她只說了這句話。

「薇吉妮亞，」達克斯壓低聲音，「我很擔心柏托特。我們不能帶著腳受傷的他進入百歐姆。」

「達克斯，我們一路一起走過來。」薇吉妮亞對他皺起眉頭，「你不能丟下他，我們是個團隊。」

「但是我們不知道會在那裡遭遇什麼事情。」達克斯答道。

「正因為那樣，」薇吉妮亞挑起眉毛，「所以我們才需要他，他在某種程度上比你我都聰明。」

達克斯看向營火，望著他們這群形形色色的反抗者。麥西伯伯和愛瑪・蘭姆正在繫吊床，莫蒂在照看營火煮晚餐，柏托特坐在她旁邊檢查腳踝。他想到盧克莉霞・卡特以及他們在百歐姆可能會面臨的事，心就害怕得揪緊。從陶靈大宅救出爸爸的時候，他是獨自一個人行動，只有甲蟲和諾娃幫他。那樣子比較單純。

「達克斯，你餓了嗎？」麥西伯伯叫他過去。「莫蒂煮了些飯和豆子。」

「來了。」達克斯回應，接受薇吉妮亞伸出的手站起來。他坐到柏托特旁邊，對莫蒂微微一笑，「聞起來好香。」他客氣的說。

「並沒有，」莫蒂回答，「不過可以填飽你的肚子。」

愛瑪拿起一個金屬碗遞過去。「麻煩裝滿，莫蒂。這是我一個月來見過最棒的一餐了。」

麥西伯伯在愛瑪旁邊坐下來。「所以**你的**蘭卡博士跟你說了百歐姆的什麼祕密？有什麼有用的情報嗎？」

她一邊點頭一邊咀嚼，然後吞嚥下去。「整個地方是以六角形圖案為基礎建成的。」她從褲子口袋拿出一張折起來的紙，那是一張用原子筆畫的粗略地圖。「中央這個六角形是最大的一棟，據我所知裡面種滿植物，就像座大溫室。所有的圓頂建築我都從外面

4 原文為 Peeny-wally for your thoughts. 與英諺語 A Penny for your thought. 為雙關語，意指「你在想什麼？」

窺探繞過一圈，盡可能蒐集情報。蘭卡告訴我每棟衛星圓頂建築有不同的用途，這棟裡面的房間是供科學家使用，這棟是給工作人員的。」她指著兩個較小的六角形。「有一棟是盧克莉霞．卡特私人用，看不見裡面，然後這棟是用於供應食物、洗衣那類的事情，然後是這棟……。」她停下來，環視著圍成圓圈的每一張專注面孔說，「這棟非常重要。」她指向標示為**門**的正方形旁邊的六角形圖樣，「裡面有安全監視器、發電機、伺服器機房、氣候控制裝置，及空調設備。如果我們能進去這一棟，就能看見百歐姆裡發生的一切，還可能控制事情的發展。」

「那棟是做什麼用？」達克斯拿湯匙指著一個愛瑪沒有貼標籤的六角形。

「那是牢房。」她回答。

「我爸跟諾娃可能在那裡。」

「史賓賽八成是在科學家住的那一棟。」柏托特補充說。

「這條是河，」她順著一條直接穿過中央六角形的線比劃，「這裡是一片懸崖，河在這裡變成瀑布。蘭卡告訴我在中央圓頂建築的地底下是座大型的昆蟲農場。」

「地下！」達克斯心中的絕望不斷加深。百歐姆非常龐大，即使有甲蟲幫忙，光是要找到爸爸跟諾娃都可能需要很長的時間，更何況他還得帶他們離開那裡。

「我們最大的問題是，」愛瑪指著標示為**門**的正方形說，「進入這座玻璃迷宮唯一的方法是穿過這道在地底的門。這是道用機械操作的暗門，後面是入口地道。」她把身體往後靠。「我曾在夜裡靠近那邊，但是沒有辦法打開門，而且沒有其他門可以進入這棟建築物。」

他們大家盯著那張骯髒的紙片，沉默了好久。

「我敢打賭我可以打開那扇門。」柏托特坐直了身體說。

「什麼？」愛瑪皺了皺眉。「我很懷疑。我什麼方法都試過了。」

「達克斯，把你的背包給我！」柏托特拉開前面口袋的拉鍊取出裝置，打開後出現了一個白色六角形物品。「用這玩意。」

愛瑪笑得合不攏嘴。「你們這些孩子總是帶給我驚喜。這是從哪裡拿到的？我可以看看嗎？」

柏托特將那玩意交給她，她把裝置翻過來，用手指摸過表面，壓一壓按一按。

「那是一位名叫漢克的美國昆蟲學家給我們的，」達克斯說，「盧克莉霞・卡特的直升機起飛時留下一大堆行李，這就是在她的旅行袋裡面找到的。」

「看起來很像我之前見過他們那群惡棍使用的裝置。」愛瑪把裝置還給柏托特。「柏托特，你手上的這個東西是百歐姆正門的鑰匙。」

達克斯看著那小小的黑色正方形。

「萬一我們沒辦法用這玩意，」愛瑪把最後一匙飯和豆子舀入口中，吞嚥下去，「總是還有B計畫。」

「B計畫？」薇吉妮亞問。

「我們從河裡進去，」愛瑪說著用舌頭舔一舔上齒。「今天早上我看見你的老鄰居試著利用那個方法進入百歐姆。除非他們已經死了，不然那招似乎可行。」

「亨弗利跟皮克林？」麥西伯伯問。

她點了點頭。「那個瘦得像蘆葦桿的男人和那個像巨人的蠢蛋。在大賣場倒塌之後，遭到逮捕的那兩個傢伙。」

「他們在這裡？」達克斯大吃一驚。「可是怎麼會？我的意思是……」

「我想他們是跟著盧克莉霞．卡特來的。他們出現的時間和她的直升機降落差不多同時。」愛瑪聳了下肩膀。「他們在森林裡橫衝直撞，就像一對想自殺的白痴，吸引了方圓幾英里內所有飢餓的掠食性動物。」

「想像一下要是他們被美洲豹給吃了。」薇吉妮亞咯咯笑著說。

「薇吉妮亞，」柏托特喝斥，「那樣說不大好。」

她翻了個白眼。「把他們兩個困在燃燒的家具堆裡，想把他們燒死的人沒資格說我。」

「我才沒有！我的意思是，我並不是想……」

達克斯大笑起來。

「好了，我想，我們該睡覺了，」麥西伯伯說著站了起來，「明天我們要走到百歐姆附近的森林外緣，準備進攻。」

19 唐懷瑟

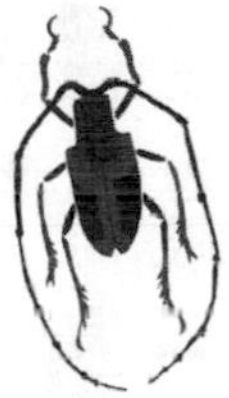

盧克莉霞·卡特答應見他，這是個能跟她談談諾娃的機會。巴弟深吸一口氣，走進門，這個實驗室上方的夾層樓面讓他想到昂貴旅館的大廳。靠著後牆的長吧臺通往觀景廊，可以眺望阿卡迪亞棟。盧克莉霞背對他站著，凝望她的伊甸園。在這層樓中央豎立著一架平臺鋼琴。俯視底下那層樓，他能看見實驗室、玻璃牆，和蛹室的底座。

「巴索勒繆，你想要什麼？」她不需要轉身就知道他站在她後面。

「強迫諾娃再經歷一次蛹化讓我感到不安，」他說，「那有可能害她喪命。」

「別把那丫頭想成是有名有姓的人類，把她想成是遺傳的實驗品，她擁有名字只是因為她活下來了而已。有一陣子我都叫她『包包』。」她大笑。

「我辦不到。」巴弟搖頭，「我不會那麼做。」

「我真的很欣賞你的軟弱，」她輕聲笑了，「你知道嗎？正因為你沒辦法殺生，我才不把你當成威脅？你不可救藥的相信良善的存在，所以才會無能為力又無害。」

「諾娃只是個孩子。」

「夠了，那丫頭**一定要**經歷完整的蛹化。」盧克莉霞厲聲說。「我必須再經歷一次變態才能變成我想要的模樣，但得等到這次試驗過了才能確定『完全變態』可行。我們非得用她試驗不可，因為她是我的基因複製成品，而且我們是世上僅有的兩個經歷過蛹化還存活下來的人類。我的任務太重要了，不能拿自己的生命去冒險，所以不管你喜不喜歡，她**一定要**經歷第二次變態。」

「拜託，露西，講點情理吧，」巴弟懇求，「無論你怎麼稱呼她，她總是你女兒。」

盧克莉霞哼了一聲，「諾娃的蛹化將在明天執行。如果你不想在場，那是你的選擇。」

沉默持續了許久，巴弟走到鋼琴前面。「露西，你還彈琴嗎？」他用手指撫過象牙白的琴鍵，隨意彈了一串音符，「我記得你以前彈得非常好。」

「聽你這麼說真令人高興。」她把頭往後仰。「沒錯，我還在彈琴。畢竟音樂能表達靈魂。」

「所以你還相信自己擁有靈魂囉？」

「靈魂並非人類獨有，巴索勒繆，」她回應，「大象、猴子、甲蟲，所有的生物都有靈魂。我相信樹也有靈魂，你不認為嗎？」

巴弟凝視她無法看透的複眼。「你打算做的事和已經做的事將會導致數百萬人死亡，你是在進行種族滅絕。當你嘴邊掛著微笑著手進行大屠殺時，我不明白你怎麼還能侃侃而談，說要透過音樂來表達靈魂。」

盧克莉霞氣得鼻孔張大。她搖搖晃晃的快速走到鋼琴前面坐下來，將兩隻人類的手擺在琴鍵上，開始彈了起來。她的指甲塗成黑色，手指上戴著沉甸甸的鑽戒。

「對你來說，一切都是那麼的黑白分明嗎？」她輕聲說著，手彈出某首曲子的前幾個音符，巴弟隱約認出那首曲子。「人類身為其中一種物種，不是正在以不可估量的規模進行大屠殺嗎？過去五十年來，地球上有百分之四十的動物絕種了。我們的人口增長以及財富上癮症，不是正在殘害這個星球嗎？我們為化石燃料及核子武器而戰，加速自己的滅亡。」她彈了一串和弦，音樂逐漸成形。「你認為人類有哪一點值得拯救？你的心難道不為最後的大象、最後的長頸鹿感到悲痛？你難道沒有想過留給你孫子的會是什麼？你難道不想阻止這一切？」

「我當然想，可是……」

「你看不出來該怎麼做。對吧？你缺乏遠見。《聖經》上說，溫柔的人有福了，因為他們必將承受地土。我們認為那是指溫柔的人類，但是為什麼我們那麼執著於自己的物種呢？沒錯，溫柔的必將承受地土；事實上，我計畫將地球給牠們。我計畫把地球交給甲蟲。」

巴弟覺得她的話有如鐵鎚敲擊他的胸口。「你真的認為你可以跟全世界的政府抗衡？」

「我已經這麼做了。」

「露西……他們會發射核彈的。」

「哈！」她哈哈大笑，不停的彈奏著，並將兩條甲蟲腿移到高八度和低八度的琴鍵上。「那些擁有邪惡炸彈的巨頭們，在惡霸揮拳的時候我們大家都得發抖。哦不，**我例外**。百歐姆是個自給自足的環境，空氣中富含著氧氣。六角形設計的每片玻璃都是軍用等級——使用在隱形轟炸機上的擋風玻璃——難以穿透。不僅如此，一半以上的設施都在地下。我們在這裡很安全。假如他們轟炸我，我就摧毀他們更多的作物，就像在印度做的那樣。如果他們使用核子武器——哼，亞馬遜雨林可是地球的肺，他們倒不如轟炸自己算了。他們會毀掉自己的土壤、收成和供水。我把地球變成了一個大棋盤，將他們一軍。」

「可是為了什麼呢？」

「我要改變人類的發展方向，巴索勒繆。我要消滅人類族群，重新野化地球。只准重視環境勝於自己無意義生命的人類存活下去。」

「我能理解你為什麼認為這可能是個解決方案，但是……」

「全球暖化已經無法解決，我們把地球逼到遠超過無法挽回的境地。」

「這絕對**不是真的**，露西，」巴弟繞到鋼琴另一邊以便看著她的臉。「你會先懲罰到最弱勢的人，最貧窮和最年幼的人會先餓死。」

「那是沒辦法的事。我不是來拯救人類，而是要拯救地球——我是唯一關心地球、願意採取行動的人。」

「你錯了。」他的拳頭落在鋼琴蓋上，但是她繼續彈，音樂的節奏變得更加急切。

「有成千上萬的人在關心。」

「**在哪裡？**」她生氣的低聲說。「我看到的是人們為了保障自己的財富和權勢選出政客，讓富人恆富、窮人更窮。他們絲毫不關心環境，選擇不相信氣候變遷。」

「那些並非所有的人。」巴弟爭論。

「重大的變革在哪裡？」她喊道。「選擇政府時，堅持環境是關鍵議題的人在哪裡？我聽不見他們提出異議。」旋律折返再重複，變得激昂。「人類軟弱無能，這就是為什麼地球需要**我**。人類氾濫成災，造成不光是氣候變遷；還有純粹空間的問題。我們沒有空間種植人類所需的糧食。」

「還有其他方法可以解決人口增長的問題。」

「沒有一種方法夠快、能夠產生巨大的影響——再者，不管怎麼說，當權者不會容許那麼做。**這**是唯一的方法了，出索勒繆。」她對他露出微笑，不懷好意、可怕的笑容。「想想看，等我完成選擇性淘汰、巨蟲回歸之後，這星球看起來將會多麼美麗。」

「誰准你當上帝？」他搖頭低聲說。

「我自己！人們將會崇拜我、執行我的指令，否則就得死。」她傾身向前，透過剩餘的鼻子深吸一口氣，樂聲越來越激昂，大量的音符如瀑布般傾洩在琴鍵上。

巴弟忽然認出曲調，這是《唐懷瑟》的序曲。很久以前露西曾經帶他到皇家歌劇院觀賞過，她向來喜歡華格納。他走向前，伸出一手搭在她肩膀上，閉上眼睛聽她彈奏。

「你真的不怕他們的炸彈？」他溫柔的問。

「他們有什麼手段儘管使出來好了。」她靠向琴鍵，身體隨著音樂晃動。「百歐姆位在地下，上層結構可以封閉上面的玻璃溫室。炸彈傷不了我們，放射性落塵也影響不到我們。我們裝備齊全，能夠在這裡生存幾十年，不過地球其他地方受到的影響將會非常可怕。」她大笑，「你知道有句老話說『蟑螂是唯一能夠在核子浩劫中倖存的生物』嗎？嗯，那句話錯了，**甲蟲才是。**」

「你什麼都想好了。」

「巴索勒繆，」她抬頭看他，「你打開了我的眼界，讓我看到這星球的美。你把我拖到懸崖邊，逼我敞開心胸接納自然界，之後卻拋下我，讓我眼睜睜看著人類消滅一種又一種的生物，剷平焚毀一處又一處的棲息地。你還能忍受失去多少英里的大堡礁？我們還必須在鯨魚肚子裡發現多少塑膠製品？還要拿多少平方英里的雨林被拿去換取石油？**這一切必須停止。**人類淘汰即將來臨，等我完成後，地球會鬆了一口氣。地球會感謝我，我只需要聽到這聲謝謝。」樂聲碎裂成律動的音符，她闔上雙眼。「我**知道**你跟我有同感，巴索勒繆，」她嘆氣，「所以我才信任你。」她反覆彈奏這首曲子的最後一段，任由最後一個音符懸蕩在空中。

20 泥巴浴

達克斯醒著躺在吊床上，傾聽麥西伯伯的鼾聲。其他人在吊床上翻身的窸窣聲在半小時前已經停止。他小心翼翼的坐起來張望四周。大家都睡著了。慢慢的，盡可能不發出聲響，他拉開吊床周圍的蚊帳帳篷，悄悄溜到地上，動也不動的站一會兒，以確定他的動作沒有吵醒任何人。他穿戴整齊，穿著靴子，把巴克斯特的竹籠掛在脖子上。

他的背包在吊床尾端，早已經打包好準備就緒。他拉開背包頂端查看一下基地營的甲蟲。上床前，他先清空了背包裡的所有東西，倒了一層厚厚的橡木覆蓋物在底部，並且在上頭擺了幾盒甲蟲果凍，然後將所有的基地營甲蟲悄悄移到裡面。只有薇吉妮亞詢問他在做什麼，他騙她說他在餵甲蟲，讓牠們休息。他檢查背包，用舌頭抵住上顎發出幾聲輕微的喀噠聲。甲蟲全都抬起頭來看他，嘰嘰喳喳的點頭——牠們準備好了。

他拿起打開的背包，慢慢將雙臂穿過背帶，再看睡覺的營地最後一眼，營火已剩一堆微微發光的雜亂餘燼。這麼做比較好——他悄無聲息的偷溜到小徑上，愛瑪．蘭姆告訴他這條路可通往百歐姆。他走了十分鐘左右，等確定走出營地的視線範圍外之後才停下來拉出塑膠吸蟲管。

「嘿，螢火蟲，我需要一點光。」他小聲召喚。

回應他的呼喚，二十七隻螢火蟲嗖的飛出背包。

達克斯旋開吸蟲管的蓋子。「能不能請你們飛進這裡？可以保護你們的安全，也能當我的照明。」

螢火蟲按照他的要求，振翅飛進吸蟲管。他把蓋子蓋回去，高舉螢火蟲燈籠，慢慢、小心的順著路前進。一會兒後，黑暗與孤獨侵蝕了他的信心，他不確定自己前進的方向是否正確。「巴克斯特，萬一愛瑪・蘭姆說錯路了怎麼辦？我想我最好查一下地圖，確定我們是往百歐姆的方向走沒錯。」

他從背包側邊口袋拿出地圖和指南針，將甲蟲燈籠放到旁邊的地上。

「讓我來吧，」一個聲音小聲說，「這我比較擅長。」

「啊——！」達克斯急忙轉身，手中的指南針掉了。薇吉妮亞就站在他的身旁。「要死了，薇吉妮亞！你嚇得我半死！」

「對不起。」她咯咯的笑。

「你在幹什麼？」達克斯慌張不安，心臟怦怦直跳。

「同樣的問題回敬給你。」薇吉妮亞令人惱火的歪著頭對他咧嘴一笑。「我想知道三更半夜，你要去哪裡？」

達克斯怒目瞪著她。

「怎樣？」

「我只是想試個東西而已。」

「真的嗎？」薇吉妮亞挑起眉毛。「你想試什麼？」

「我睡不著，所以我想試試用那個遙控器開那扇暗門，」達克斯說，「因為……你知道的，要是行不通的話，我們就需要找別的方法進入百歐姆。」

「那如果真的行得通呢？」

「那麼……我就會回來告訴大家。」達克斯撒謊。

「對，你當然會。」她指著他的背包。「那你帶走所有的甲蟲是為了……」

「安全起見，」達克斯說，「我需要牠們來照明，而且以防萬一，萬一……」

「萬一什麼？」

「**你**究竟起來幹什麼？」他質疑她。

「我在『看著你』。」薇吉妮亞聳一下肩，一副答案顯而易見的樣子。

「看著我？」

「對，從耶誕節以後我們就輪流看著你。」

「什麼？」

「我們很擔心你。」

「我沒事。」

「你當然有事。你大老遠跑去美國救你爸爸，卻看著他跟盧克莉霞・卡特一起搭上直升機離開，你怎麼會沒事？」

「薇吉妮亞，我說過我很好。」

「真的嗎？」她將雙臂交抱在胸前。「你很好，是嗎？所以你在電影獎之後才會越來越奇怪？不只我而已，柏托特也注意到了。」她搖搖頭。「你變得很容易生氣，達克斯，而且再也不跟我們說你在想什麼了。」

「我沒有說嗎？」

「沒有。好像你認為我們不了解，或者這件事只關係到你而已。」她放下雙臂。「當然，我們對這件事的感受不像你那樣。可是全世界都遭到攻擊，達克斯，不是只有你而已。」

「你以為我不知道嗎？」達克斯衝口而出。「所有的報紙都在報導糧食供應短缺、轟炸。下一步會是什麼？孩童挨餓？有人死亡？我阻止不了，薇吉妮亞。我不知道該怎麼做。」他搖了搖頭。「我只想救回我爸爸，我想回家。」

「達克斯，這關係到我們所有人，還有我們深愛的人。」她向他傾身。「我們大家難道沒有權利為自己的信念奮戰嗎？我來這裡是為了我媽媽、爸爸和兄弟姊妹，我們需要共同合作來阻止盧克莉霞・卡特。你必須讓我們幫你。」

「你們要怎麼幫我？我不知道該怎麼做才對。我不想捲入戰爭，只想跟我爸爸在一起。」達克斯聽見自己的聲音在顫抖。「假如他們要轟炸這裡，那炸彈落地時我想跟他在一起。」

「所以你才在半夜跑走嗎？」

「我想要進去百歐姆。我想如果我自己單獨帶著甲蟲去，會比較容易找到我爸爸，不會被發現。」他注視薇吉妮亞。「而且，如果我拿走那玩意，你們就沒有人能夠進去，就可以平安回家了。我不希望有人因為我受傷。大家似乎都認為我是什麼英雄，會想出計畫，但是我根本沒有計畫。我甚至不想傷害盧克莉霞．卡特的甲蟲。」

「我猜得一點也沒錯。」薇吉妮亞兩手插腰嘆了口氣。「真是糊塗的想法。所以我才吩咐馬文，如果你做什麼奇怪的事就叫醒我。」馬文從薇吉妮亞的髮辮上直起身體，朝達克斯揮一揮帶有金屬光澤的紅色爪子。「你應該把你的想法告訴我。」

「對不起，我……」達克斯看著森林地面。

「因為你會需要有人罩著你。」

達克斯看著薇吉妮亞。「什麼？」

「兩個人的腦袋總比一個人的強吧？」薇吉妮亞微笑。

「你不是來叫我回營地的？」

「不是。」薇吉妮亞搖頭。「聽好，我了解你的想法。柏托特受了傷，你想救你爸爸，這很合情合理，換做是我，八成也會做同樣的事。」

「你會嗎？」

「可是我不能讓你獨自跑進雨林裡。萬一你受傷了怎麼辦？萬一被蛇咬了呢？我們有兩個人的話，起碼其中一個人可以去求救。」

「我不是單獨一個人，」達克斯回應，「我有甲蟲。」

「而且假如你能夠打開百歐姆的門，」薇吉妮亞傾身向前，盯著他看。「我要跟你一起進去。」

達克斯笑了，發現自己如釋重負。「很好。」

「所以，我不想再聽到……」薇吉妮亞把頭往後縮。「你剛才說**很好**？」

「沒錯！」達克斯大笑起來，「我不想找你來是因為——要求人家做這麼危險的事情並不公平。不過現在……我很高興。」

薇吉妮亞咧開嘴笑，拿起螢火蟲燈籠。「那麼，走吧，你還在等什麼？順便說一下，你走的路沒錯，我查過了——哦，還有我帶了你的防蛇杖來。」她把手杖遞給他。

「我們必須小心蝮蛇。你知道亞馬遜雨林裡有超過一百三十五種不同的蛇嗎？至少柏托特的旅行指南上是這麼寫的，搞不好還更多。」

「我們正打算走夜路的時候，別說這種話好嗎？」

「好啦。對不起。」

達克斯折起地圖，他們肩並肩默默的走著，不時讚嘆生長在苔蘚覆蓋的樹幹上發出磷光的真菌，每次聽見驚人的聲響都會互看一眼，讓彼此安心。有薇吉妮亞在身旁，達克斯覺得膽子大了一些，他們快速前進，在遇到障礙物時互相扶持、提醒。他們看見蛇，被猴子嚇了一跳，不過亞馬遜的生物對兩個孩子不怎麼感興趣。

「達克斯！」薇吉妮亞大叫。

達克斯迅速轉身，看見薇吉妮亞僵在原地。她緊閉著嘴脣說話。

「我走進超大的蜘蛛網裡了。」她的眼睛睜得好大，他看得出來她嚇壞了。

「別動。」達克斯提起燈籠，看見一隻金圓蜘蛛在她腦後，有溜溜球那麼大。他從牠腿上的條紋和身體頂端那抹白色紋路認出來。「沒關係，我看到了。我想是隻圓蛛，牠不會傷害你的，牠們沒有攻擊性。」

「你能不能查看一下馬文？」薇吉妮亞說。

「我看到牠了。牠很好。等一下下。」達克斯深吸一口氣，用右手撈起蜘蛛。他以前從沒看過這麼大隻的蜘蛛。他把蜘蛛放在倒下的樹幹上，看著牠踩著細長的腳步爬開。「牠走了。」

薇吉妮亞扯下頭、臉，和肩膀上黏黏的蜘蛛網，好像扭動著身子在跳舞。「呃──天啊，好噁心。上面有一堆死掉的東西。」她打了個哆嗦。「馬文，你還好嗎？」她在褲子上擦了擦手，把粗腿金花蟲拿到脖子上的竹籠前。「我很擔心你會變成蜘蛛的晚餐！進去籠子裡吧。」

他們喝了些水，嚼著達克斯從莫蒂的補給品中偷來的芒果乾。

「我們三更半夜出來，卻看不到星星，真是奇怪，」薇吉妮亞說著抬起頭來，「樹冠層太厚了。」

「幸好我們有自己的星星。」達克斯點頭指向螢火蟲燈籠。他放一塊芒果在竹籠裡給巴克斯特。

「在這雨林裡感覺好像在另一個世界。」

「我懂你的意思。」

「在來到這個地方以前，我想我並不是真的了解『野生』這個詞，」薇吉妮亞說，「這裡沒有人為的系統，是種截然不同的生活方式。」

達克斯點頭，「非常迷人。」

「也很可怕。你打算獨自走這段路，我覺得很了不起。我不確定我有這種膽量。」

達克斯沒回答，他不確定他自己一個人能走多遠。

「我們是不是應該快要看到百歐姆了？」薇吉妮亞問。「我們已經走好久了。」

「對啊，我們要在太陽升起前走到暗門。」

「愛瑪說是半天的路程。那是多久？四、五個小時，也許六個小時？」

「我們到現在已經走多久了？」

「三個小時？」

「應該不會太遠了，走吧。」達克斯快步向前走。

薇吉妮亞起身跟著他走，不料他突然抬起手來示警，只得停下來。

「那是什麼？」她小聲問，悄悄走到他身後。

「我不知道。」達克斯回頭看她，「你聽見了嗎？」

他們左邊傳來古怪的吧唧聲響和嗅聞的聲音。

「無論那是什麼，」薇吉妮亞害怕得睜大眼睛，「我們都不想遇到牠。」

達克斯打手勢示意他們應該繞過那個聲音走。當他拖著腳往後退時踩到在地上一根長滿苔蘚的樹枝，打滑了一下，摔到旁邊粗短的樹蕨叢裡，他放聲大叫，設法不壓到巴克斯特或背包裡的甲蟲。

突然傳來一聲令人毛骨悚然的尖叫，剛才發出吧唧聲和嗅聞聲的動物轟隆隆的朝他們衝過來。驚慌的達克斯急忙爬起來，盡可能把身體塞進樹蕨叢裡，薇吉妮亞則往後跳過一塊大石頭，彎下身子躲到石頭後面。

那隻從一片樹藤爆衝出來的動物體型大如牛，臉長得像食蟻獸。牠跌跌撞撞的走過他們旁邊，消失在森林裡。達克斯和薇吉妮亞沉默了幾分鐘，從藏身處互相看對方一眼，再瞥向那頭動物消失的地點。當牠的腳步聲逐漸微弱時，達克斯又聽見牠在尖聲嗚叫。他悄悄爬出樹蕨叢，薇吉妮亞也從石頭後面走出來。

「那是什麼？」她低聲問。

「我想，」達克斯搔著頭說，「是一頭貘吧。」

「不管那是什麼，」薇吉妮亞伸手按住胸口，「剛差點害我心臟病發作。」

他們走到那頭貘轟隆隆衝進視野的地點，看見泥地上有個踩踏出來的凹陷大坑，旁邊有一灘汙濁的半鹹水。

「牠剛才在洗泥巴澡。」薇吉妮亞朝達克斯露出笑容。

「所以才有吧唧吧唧的聲音。」

他們鬆口氣的大笑起來，笑自己打擾了那頭貘的泥巴浴，然後更加快腳步，因為現在他們更意識到了森林裡有大型動物，而且其中一些具有危險性。

「等等，路到哪裡去了？」薇吉妮亞匆匆轉身。

達克斯驚慌的看看她，再搜尋地面。他們剛才順著走的那條小徑不見了。「我們先到那邊去，那裡光線比較亮。」他指向樹林開闊看得見天空的地方。

「我們一定是被那頭貘搞得團團轉了。」薇吉妮亞說，對自己生氣。

「沒關係啦，我們就在那裡停下來，用指南針查看一下地圖。我們可以回到正軌上，我們不可能走錯太遠的。」

他們在空地裡跪下來，由於有夜空中的月光和星光，那裡顯得比較明亮。達克斯打開地圖用手撫平。

「給我指南針。」他伸出手。

薇吉妮亞檢查口袋後看向達克斯，「指南針在你那裡啊。」

「沒有在我這裡。你說你比我擅長看地圖的時候拿去了。」

薇吉妮亞的眼睛睜大，「一定是在那頭貘衝向我們的時候弄掉了。」

兩人驚慌得面面相覷，達克斯低頭看地圖，意識到他根本不知道他們在哪裡。恐懼緊抓住他的肺，他發現呼吸困難了起來。

「我們不必驚慌，」薇吉妮亞說，她焦慮的東張西望，「那條小徑肯定在這附近。」

「面對現實吧。」達克斯重重的坐到地上，卸下背包。「我們迷路了。」他的心像鉛一樣沉重。「我們最好的策略就是待在這裡等到天亮。」

「喔，達克斯，」薇吉妮亞的褐色大眼睛盈滿淚水，「我非常抱歉，我不是故意弄掉指南針的，我是不小心的。我，我……」

「我們不確定是不是你弄掉的，」達克斯說著拉薇吉妮亞坐到他身旁，「也可能是我滑倒時弄丟的。」

「你真是好心。」薇吉妮亞說著把目光移開，「是我搞砸了。」

「嘿，你看！」達克斯指著。一列糞金龜急切的爬出他的背包，他目不轉睛的看著甲蟲爬到地上，排成一直線穿過空地。

「牠們要去哪裡？」薇吉妮亞問。

「哈！」達克斯跳起來，抓著薇吉妮亞的襯衫拉她站起來。「牠們在為我們帶路！」他往上指著繁星點點的天空。「糞金龜可以利用銀河導航，**牠們不需要指南針！**」他興奮的搖晃薇吉妮亞的肩膀，「只要我們有甲蟲和星星就不會迷路了。」他抓起背包和滿是螢火蟲的吸蟲管。「走吧，我們現在距離不會太遠了。」

他們走在糞金龜旁邊，為牠們開路、保護牠們，宛如兩個巨人保鑣。走過樹林後，空間開闊起來。糞金龜快步走到樹林邊緣，然後掀起翅鞘飛起來，在達克斯的頭上繞一圈後，回到他的背包裡。

「不會吧！」薇吉妮亞呼出一口氣，伸出手來扶著樹以穩住自己。

達克斯驚訝得合不攏嘴，呆呆的看著眼前的景象。座落在雨林當中的建築跟聖保羅大教堂一樣大，完全由玻璃和金屬搭建而成。他看不到黑暗中較小的圓頂建築，不過他知道建築物就在那裡。

「我們辦到了。」薇吉妮亞看著他露齒一笑。

達克斯點點頭，不過他忍不住直盯著百歐姆。他爸爸在那裡面某處，他要找到他。

「來吧。」他抓住薇吉妮亞的臂膀，他們沿著直升機起降場空地的邊緣走，盡可能走近暗門。達克斯從口袋拿出黑色裝置朝向百歐姆。

「你看！」薇吉妮亞指向螢幕右上角的三角形小亮光。那亮光逐漸變大，接著在黑暗螢幕的正中央，短暫出現了一些文字——

連線。

「成功了！」薇吉妮亞如釋重負的呼出一口氣。

一個六角形取代了那兩個字。達克斯再次把裝置對準暗門，輕觸一下六角形。暗門下降一英尺後滑開，地面露出一個敞開的黑洞，大小如一輛廂型車。

他們背後的灌木叢裡有聲響，好像是男人打噴嚏的聲音。達克斯驚慌的看著薇吉妮亞。

「快跑！」她壓低聲音說，自己已經彎低身體衝過黑暗，全速跑向那個開口。

達克斯跟在她後面狂奔，兩人衝進百歐姆的入口地道。天花板上刺眼的六角形燈閃爍著亮起，門開始關閉。

「這裡！你看！快一點！」薇吉妮亞大聲喊叫，她跪在地板上一塊六角磁磚旁邊，磁磚上有個把手孔。她掀起磁磚，底下是個梯井。「我們得離開這裡，愛瑪說有攝影機。」達克斯抬起頭來看到天花板上有個玻璃球。「快點，達克斯。快下去吧。」

他飛快爬下梯子，薇吉妮亞跟在後面，用頭頂著把地板磁磚放下來。他們進入光線昏暗的地道中。

「你覺得他們看到我們了嗎？」

薇吉妮亞側頭仔細聆聽，「警報器沒響，我們就祈禱警衛都睡著了吧。」

「等一下，你怎麼知道那塊磁磚可以掀起來？」

「首先，那上面有把手，而且愛瑪說過這棟建築物底下有維修地道。蘭卡博士告訴她，維修地道沒有受到監視，我們從這裡進來，就能到處走來走去，不會被發現。」

「她什麼時候說的？」達克斯皺起眉頭。

「她在繫吊床的時候，我向她打聽來的。」薇吉妮亞一臉得意，「我敢打賭你現在很慶幸有帶我來吧？」

「她還說了什麼？」

「昆蟲農場就在這棟巨大圓頂建築的地下室，在那裡我們只需要留意一、兩架攝影機。」

「那我們下去吧。」達克斯摸索地板，找尋另一塊有凹陷把手的六角形石板。「因為我想見見百歐姆的甲蟲。」

21 女王的王夫

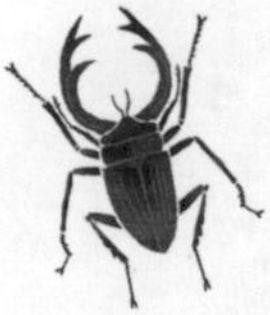

兩個穿白色實驗袍的男人來抓諾娃。上一次是蘭卡博士；諾娃記得他用力把她推上進入蛹室的階梯。當時她不知道接下來會發生什麼事，但是這回她很清楚，因此她奮力掙扎。

「放開我！讓我走！」

男人把她抬上擔架，用皮帶綁住她的四肢和脖子。她停止掙扎，開始放聲尖叫。

男人不理會她的尖叫，用伸縮腳架升起擔架，推著她在百歐姆的走廊上前進。她看著天花板上的六角形磁磚迅速飛過，不斷的大叫，拚命想找出逃走的方法。

輪床減緩速度停了下來，她能看見一扇門。達克斯的爸爸站在門邊，史賓賽在他旁邊，他們兩人都穿著白袍。

「放我走！」她大喊。「救救我！」她看著史賓賽，但是他別開臉去。

達克斯的爸爸不理睬她，低聲對推她的兩個男人說話。他們點點頭後走開。

「哈囉，諾娃。」達克斯的爸爸用愉快的口吻說，過來站在擔架的前端。

「叛徒！」諾娃對他尖聲說，朝他臉上吐一口口水。

巴索勒繆．卡托用袖子擦一擦臉，然後轉身背對她。他用堅決的語調低聲說：「請仔細聽好我說的**每句話**，即使我不是直接對你說話。」史賓賽走過來站在諾娃的腳邊後，巴弟的語調變活潑，聲音變大聲，「我們今天要在這裡進行一項重要的實驗，你能參與是非常幸運的事。你說是不是啊，史賓賽？」

諾娃看著史賓賽，不確定達克斯爸爸的行為是怎麼回事。史賓賽用右眼對她微乎其微的眨了下眼睛。

「是的，先生。」史賓賽抓住擔架尾端的橫槓推動輪床，達克斯的爸爸領著輪床沿著走廊前進。

「嗯，重要的事先說在前頭，」巴索勒繆．卡托說，「你別再尖叫的話，我會非常感激。你的尖叫聲會擾亂我，而且會讓你很難聽見我說的話，我說過了，你必須一直注意聽我說話。」

諾娃沒回答。

史賓賽點頭笑了一下。

他們轉到另一條走廊，接著又另一條。

「喔，可惡！」達克斯的爸爸轉過身，裝出惱怒的表情。「史賓賽，我一定是轉錯彎了。我必須承認我不知道我們現在究竟在哪裡！我想我很難習慣這裡的蜂巢格局。你知道去蛹化實驗室要走哪條路嗎？」

「迷路了，是嗎？」

諾娃立刻認出那是蘭卡博士的咆哮，嚇得心驚膽寒。

「不是，」巴索勒繆．卡托回答，轉身面向他，「我們不是迷了路，我們是，呃，只是……」

「你們要把這丫頭帶到哪裡去？」蘭卡博士邊問邊走近擔架俯視諾娃。

「哦，拜託。」達克斯的爸爸輕鬆的哈哈一笑，「你明明知道我們要帶她去哪裡，」──他停頓一下──「難道你不知道？」

「嗯，」蘭卡博士的語氣聽起來不大確定，「我當然知道啦！我的意思是，你們想要往哪個方向，好去那個……呃……」

「蛹化實驗室？」

「什麼？」

「我要帶這丫頭準備進蛹室，我們今天要進行『完全變態』。不過，你當然已經知道了。」巴索勒繆微微一笑。「你會到場觀看嗎？我想露西應該有邀請你吧？這真是叫人興奮，今天她所有的辛勤努力即將達到巔峰。」

「我會到場的，」蘭卡博士回應，「我確定露西會派人找我去。」

巴索勒繆．卡托瞇起眼睛，「你確定？」

「對！」蘭卡博士怒吼，「我出聲是因為我想知道你為什麼把這丫頭推進維修棟。」

「維修棟？」巴索勒繆．卡托張望四周，一臉驚訝。「這不是我想去的地方！看來我真的得承認我迷路了。」

「哈！」蘭卡大笑。

「不過，亨里克，你到底在維修棟幹什麼？你不是應該在實驗室跟其他科學家一起為蛹室準備甲蟲的遺傳物質嗎？他們馬上就要開始了……哦，不，我忘了……」巴索勒繆．卡托往前走一步，好讓他的臉更靠近蘭卡博士的臉，「……你被派去負責打掃廁所，因為你是個叛徒。」

蘭卡沒答腔，他用帶著強烈恨意的眼神瞪著達克斯的爸爸。

「你**沒聽說**蛹化的事情，對吧？」巴索勒繆低聲說。

一陣沉默。

「我想是沒有，」巴索勒繆退回去。「你知道嗎？要是這丫頭的蛹化成功了，露西答應我是下一個。」

「下一個？」

巴索勒繆．卡托點頭，「嗯，沒錯。露西和我將會成為甲蟲女王和王夫。」他露出微笑，「我們將會一起統治這個世界。」

「哈！」蘭卡想要大笑，但他的喉嚨乾澀，聲音聽起來空洞。他往後退一步。

諾娃抬頭凝視著達克斯的爸爸，不敢相信自己耳中聽到的話。

「當然啦，我還沒選好要把哪一屬的基因導入我的DNA裡。」他用一根手指輕敲嘴脣。「我在考慮長戟大兜蟲，牠們非常強壯。我想露西會想要有隻強壯的甲蟲在她身邊，你認為呢？」

諾娃聽見蘭卡博士大步走開，門砰的一聲關上。

「哎呀，」達克斯的爸爸咕噥著說，「我好像惹火他了。」諾娃覺得自己看到他漠然的表情後面偷偷露出一抹微笑。「好了，史賓賽，我們真的應該帶諾娃到醫院了，去檢查她所有的生命徵象。我們要先量完她的血壓、心跳、體溫，等等，她才能夠踏進蛹室。我知道其他人在等我們，不過他們可以再等久一點。在變態過程中不容許任何一丁點兒病毒存在。」

「是的，卡托博士，」史賓賽回答，然後將輪床調頭，「那往這邊走。」

諾娃不確定到底怎麼回事。蛹室是在阿卡迪亞棟的實驗室裡，可是他們似乎把她從一棟外圍的圓頂建築推到另一棟。

等他們到達醫務室後，達克斯的爸爸為諾娃鬆綁，輕輕扶她起來，讓她坐在病床上。他煞有其事的測量她的身高、體重、脈搏，對兩邊膝蓋做膝反射測試，他不慌不忙的檢測，記下所有數據。他叫她用單腳跳到房間另一邊，再一直線行走。她一直想直視他或史賓賽的眼睛，想從他們的表情打探出究竟怎麼回事，不過他們兩人全神貫注在確定她的健康狀態檢查上，沒有注意到她的目光。他們拉出她的舌頭，用棉花棒取樣檢查。史賓賽檢視她的喉嚨及耳朵深處，而巴索勒繆．卡托請她展開觸鬚，然後測量觸鬚的尺寸。

「在你第一次蛹化後，有人為你做過詳盡的檢查嗎？」他問。

諾娃搖一搖頭，「我想他們只關心我死了沒有。」

「那真是太遺憾了。」他搖頭，「你介意我查看一下你的眼睛嗎？」

諾娃往後退縮，因為從來沒有人看過她的甲蟲眼睛。

「不行？好吧。不要擔心。」他用筆指向她的手腕，「恐怕你在蛹室裡不能戴珠寶喔。金屬會干擾到蛹化的過程，你必須摘下來。」

「哦！」諾娃用手遮住手鐲。

「你要我幫你保管嗎？」史賓賽問。「只要等這一切結束，我就會立刻還給你。」

諾娃想起赫本親吻史賓賽鼻子的模樣，於是點點頭，將手鐲從手腕上摘下來。

「很好，我想檢查就這些了。」巴索勒繆．卡托慢慢再看一遍檢查的清單。「我只要再確認一下。」

諾娃看向史賓賽，她突然領悟到達克斯的爸爸是在拖延時間。

「嗯，不好意思，」她說，「我可以去一下洗手間嗎？」

「當然可以！」巴索勒繆．卡托回答，聽起來似乎對這個主意莫名的感到高興。

「我們不能讓你膀胱脹滿著進入蛹室。事實上，呃，你知道的，不用急，慢慢來。順便確定一下腸子也清空了，需要多久時間都沒關係。」

諾娃皺起臉來，不過還是點點頭，史賓賽護送她繞過轉角到廁所去，他自己則站在外面，禮貌的和廁所門保持一段距離。

諾娃坐在馬桶座上，她不需要上廁所，不過倘若這是場拖延時間的遊戲，那麼她想要幫忙。達克斯的爸爸叫她仔細聽好他說的每句話，因此她回想一遍他和蘭卡博士的對話，但是不完全明白。巴索勒繆．卡托顯然是想要惹他生氣，可是諾娃看不出來這麼做對她有什麼幫助。

過一會後，諾娃拉鏈條沖馬桶，然後慢慢的洗手，再澈底烘乾，最後走出廁所。

「都好了嗎？」史賓賽快活的問。

諾娃點頭，跟著他回到醫務室，巴索勒繆．卡托在那裡等他們。「諾娃，我要請你躺回病床上。」他說。

她忠實照辦。他並沒有打算再用皮帶將她綁起來。

「今天能夠為你母親的實驗幫上忙，你一定覺得很驕傲，」他說，「有很多人不惜付出任何代價，想在她的研究中扮演這麼重要的角色。」

諾娃一頭霧水，看向史賓賽，他滿懷希望的表情安撫了在她胸中竄升的恐懼，赫本信任史賓賽，因此她也相信他。

22 埋葬蟲

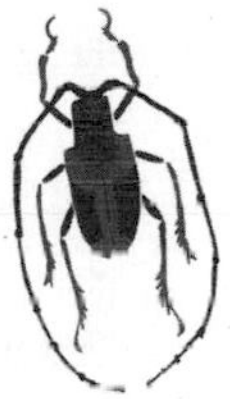

「我攔不住他了！」諾娃聽見毛陵在大吼大叫。「把門鎖上！**鎖住！馬上！**」她想要從擔架上坐起來，可是巴索勒繆．卡托伸手輕輕按住她的胸口，示意她應該繼續躺著。剛才他們用悠閒的步調將她從醫務棟推出來，再順著連接的通道走回去，然後繞著阿卡迪亞棟的周邊，慢慢走近實驗室。

達克斯的爸爸走進實驗室，史賓賽緊跟在他後面，留下她一個人躺在外面。諾娃盯著天花板，想要弄清楚這場騷動和她所聽見的吼叫是怎麼回事。

「到底發生了什麼事？」

一聽見瑪泰的聲音，諾娃立刻直挺挺的坐起來。盧克莉霞．卡特以獵人蛛的速度朝她衝過來。她搖搖頭表示不知情，她母親飛快掠過她，進入實驗室。諾娃悄悄溜下擔架，躡手躡腳的走到門口窺探實驗室裡面。

「是蘭卡，他，他，跑進蛹室。他……」史賓賽站在盧克莉霞．卡特前面，直盯著地板。

「所有人都到哪裡去了？」瑪泰的頭大幅度的左右擺動，用複眼檢視房間。

「維克洛夫博士受傷了。」諾娃看見達克斯的爸爸蹲在瑪泰的一名科學家旁邊。「我們需要立即把他送去醫務室。」

諾娃看見實驗室與蛹室之間的玻璃牆上噴濺著一點一點的紅色。她倒抽了一口氣，那是血。

「實驗室的小組成員怎麼了？」

「我想他們是逃跑了。」他答覆。

「逃跑？」盧克莉霞．卡特厲聲說。

玲玲走上前去鞠個躬，開始報告：「毛陵和我接到維克洛夫博士呼救的電話。等我們到達的時候，蘭卡已經在那裡面，」她指著那道玻璃牆，「正在攻擊維克洛夫博士。毛陵甩開蘭卡，我把維克洛夫博士拖出來，然後我們合力對付蘭卡，逼他回到蛹室。維克洛夫博士設法鎖上門之後倒在地上。實驗室的小組成員趁我們打鬥的時候逃走了。」

「露西，維克洛夫博士一直在失血，」巴索勒繆說，他的口氣急迫，「我們需要先止血。」

「知道維克洛夫博士是用哪組甲蟲基因進行蛹化嗎？」盧克莉霞．卡特不理會他，怒氣沖沖的走到辦公桌前敲擊電腦鍵盤口中唸著「蘭卡把哪種甲蟲導入他的ＤＮＡ裡面？」

達克斯的爸爸看向實驗室門口，瞧見諾娃。

「諾娃，把擔架推進來。」他招手示意她向前，她看見他的兩手沾滿了維克洛夫博士的血。

她點點頭，迅速把擔架拖進實驗室。

「諾娃，」達克斯的爸爸用威嚴的語氣低聲說，「我需要你拉那個把手，將病床降到地板上。」

她沒有行動，她忍不住直盯著維克洛夫博士。他渾身是血，頸部和額頭有多道深長的傷口，而且他的左耳不見了。

「諾娃，聽我說。維克洛夫博士需要我們幫助，我需要你降低病床，我才能把他抬到擔架上。」達克斯的爸爸脫掉實驗袍，撕下實驗袍的袖子折起來，拿來止血。

「他死了嗎？」諾娃問。

「沒有。」巴索勒繆正視她的眼睛，「只要我們盡快送他到醫務室，他就不會有事。你能夠幫我，對吧？」

諾娃點頭跳起來行動，把病床降低，協助達克斯的爸爸將維克洛夫博士小心翼翼的搬到擔架上。

「哦，不會吧！」史賓賽舉起一支貼了標籤的注射器，「埋葬蟲。我想他的基因組是來自埋葬蟲！」

「食腐甲蟲啊，」盧克莉霞說，「真是有趣。嗯，那就可以解釋為什麼亨里克那麼貪得無厭的想吃肉。」她大笑起來，「不幸的是維克洛夫博士在同意為他進行蛹化之前沒想到這一點。」

巴索勒繆．卡托拉動把手，將擔架提升到腰部的高度，然後把剩餘的實驗袍小心的塞進維克洛夫博士受傷的頭部底下。「我要送他到醫務室去，」他告訴盧克莉霞．卡特。

「不必。」瑪泰指著毛陵，「他會送去。」

「可是他需要馬上看醫生，」達克斯的爸爸提出異議，「沒有立即就醫的話，他會死的。」

「我才不在乎他的死活，」她說，「維克洛夫博士對我來說已經沒有用處了。」

「可是……」

「我說**不必**！」盧克莉霞說著把身體完全挺直起來。

周圍一片靜默，諾娃看著毛陵將維克洛夫博士推走。

「你得幫忙我檢查亨里克變成什麼樣了。」

「他還在那裡面，」玲玲說，「在蛹室裡。」

透過玻璃牆看向蛹室，諾娃目不轉睛的盯著多年前她被推進去的白色吊艙。她記得那三段臺階，她踉踉蹌蹌的穿過門口，蜷縮在吊艙的地板上，怕得要命。吊艙密閉起來後，她聽見液體注滿外室的聲音。諾娃不記得離開蛹室的事，等她醒來時已經躺在床上，感覺像是有個陌生人在她自己的身體裡。

「你想要我做什麼？」巴索勒繆．卡托問。諾娃看見他的臉色陰沉，看起來很不高興。

她想起他在走廊上與蘭卡博士的對話，他說他將是下一個進入蛹室的人，又想到他們在醫院裡浪費了許多時間。**他曉得會發生這種事！**他是故意促使這件事情發生，為了援救她，讓她不必進蛹室，但現在維克洛夫博士受了傷，很可能會死。

「我想看看變態的成果如何。」瑪泰拍著雙手好像興高采烈的孩子。「我以前從來沒有拿成年男人試過。」她啪的打開控制臺上的開關，「亨里克，你聽得見我的聲音嗎？我要開門了。」

玲玲縮回左腿，兩手往前伸，擺出防衛的姿勢。

諾娃發現自己拖著腳往後退向門口，她不想看見亨里克．蘭卡身上發生了什麼事。

吊艙的牆壁一瓣一瓣的剝落，有如花朵綻放時的花瓣，接著蛹室的門滑開，諾娃嚇得魂不附體。蘭卡的臉像是凶殘的甲蟲海盜，一隻如珠子般亮晶晶的複眼直盯著他們，眼睛下方的皮膚上有一條甲殼質的鱗片，一直延伸到慘遭摧毀的鼻子，最後停在他原本上唇的位置。他左半邊的臉還是人臉，一隻冷漠的藍眼睛從長了痤瘡凹凸不平的蒼白皮膚往外看。他的嘴巴是個暗黑的大坑，從裡頭伸出巨大的口器，兩旁是一對鋒利的大顎，正滴著鮮血。他用一隻人類手臂抓著一塊血淋淋的奇怪東西塞進嘴裡，咬了一口。

諾娃發現他吃的是維克洛夫博士的耳朵，頓時感到一陣反胃。

「哦，哈囉，露西，」他的聲音透過實驗室的喇叭傳來。「你覺得我的新面貌怎麼樣？」他揮一揮左手臂，那條臂膀上生著黑橙相間的外骨骼，凶殘的爪子取代了原本的手。

「真是讓我刮目相看，」盧克莉霞回答，「沒想到你竟然這麼有勇氣。」

「我這麼做都是為了你。」他費力的爬出蛹室，走近玻璃隔板，甲殼質的腿擦碰到金屬發出刮擦聲。諾娃看見兩條發育不良、畸形的甲蟲腿從他的軀幹長出來。

「你跟我，我們兩人很相像，」他說，「你不必再單打獨鬥了，露西，我們可以一起統治世界。」

「亨里克，我很不高興，」盧克莉霞回應，「你趕跑了我的科學家，還傷了維克洛夫博士。」

蘭卡轉動人類眼睛大笑起來，發出令人毛骨悚然的咯咯笑聲。「我肚子餓了嘛。」

「你這個怪物！」史賓賽一邊大喊一邊向前衝，「維克洛夫博士是我的朋友！」

巴索勒繆抓住他的肩膀，攔住他。「史賓賽，你何不帶諾娃回她的牢房呢？」他說著，輕輕的將史賓賽推向門口諾娃的方向，「麻煩你了。」

「喔，不，讓那小子衝著我來吧。」亨里克．蘭卡隔著強化玻璃不懷好意的看著史賓賽。「我的肚子還很餓呢！」

巴索勒繆轉身背對玻璃。「我們不能把他留在那裡面，」他對盧克莉霞說，「也不能放他出來。你打算怎麼處置他？」

她啪的關上開關，讓亨里克．蘭卡無法聽見他們說話。「我會把他麻醉，玲玲可以把他關進牢房。」

「然後呢？」

「他會成為活樣本，對你跟克里普斯少爺的研究非常有用，你不這麼認為嗎？」盧克莉霞．卡特回答。

「他很危險，露西，」巴索勒繆說，「他是食腐甲蟲，吃腐肉的啊。」

「哎呀，那你最好小心點，不是嗎？」盧克莉霞哈哈大笑，「因為他恨死你了。」

23 孵化槽

達克斯趴在地板上豎耳傾聽，眼睛看向巴克斯特以消除疑慮。他跟薇吉妮亞將巴克斯特和馬文放出竹籠，大多數體型較大的基地營甲蟲都坐在背包頂端，伸長著觸鬚保持警覺。他們往下爬了三段梯子，目前為止沒有遇到任何人，不過——達克斯提醒自己——因為現在才清晨四點左右。他們趴在地上到處搜尋，但是沒找到任何有凹陷把手的磁磚。

「這裡鐵定是百歐姆的最底層了。」他邊說邊上下打量走廊。他們所處的這段通道燈亮著，不過兩邊的路都是一片漆黑。

「要往哪個方向？」薇吉妮亞問。

「那棟大圓頂建築是在那邊，」達克斯說，「我猜。」

薇吉妮亞點點頭，他們靜靜的移動著。地板上的光感測器令人不安，只有正在走的路段會點亮，因此無法知道前面的黑暗中是否有東西在等著他們。他們仰賴甲蟲的感官，並且仔細聆聽，留心最細微的聲響，朝著大圓頂建築的方向悄悄前進。

「你看，這裡有扇門。」達克斯將兩手和耳朵貼在右側的六角門上，然後往後退一步，查看門框四周。「這門要怎麼開呢？」

「試試那玩意吧。」薇吉妮亞提議。

「哦，對了。」達克斯從口袋拿出那玩意，按下白色六角形。門往上滑開，一股溫暖的泥土味邀請他們進入房間裡面。紅色的燈光忽明忽暗的亮著。這個房間很長，與他們剛才走過的走廊平行延伸，一共分成四個長度橫跨整個空間的槽。

達克斯走到最近的槽前把手伸進去，挖起看起來像泥土的東西。他用手指搓一搓。「巴克斯特，你瞧，是橡木覆蓋物耶，跟我們放在飼育箱裡的一樣。」他把手指舉到巴克斯特的面前，好讓牠用觸鬚嗅聞一下。

薇吉妮亞緊抓住他的手臂，因為遠處的隆隆聲越來越響，朝他們加速衝過來，好像保齡球在全倒後滾回玩家身邊那樣。達克斯往後跳，一顆白色巨石從天花板掉進他前面的槽中，陷入覆蓋物裡。

「那到底是什麼東西？」薇吉妮亞小聲問。

達克斯抬頭查看天花板，上面有一格格的大方孔。

「是從那些洞掉下來的。」

「對，我知道，可是那是什麼？」薇吉妮亞走上前，伸出手輕輕戳一下。

達克斯把雙手放在巨球兩邊，球的手感讓他想到了象皮。「這是顆蛋！」他恍然大悟。

「蛋？」薇吉妮亞皺起眉頭。「哪種動物會生那麼大的蛋？」

達克斯看著她。「**巨型甲蟲**。」

「是恐龍甲蟲的蛋？」

「盧克莉霞．卡特在她的昆蟲農場裡養殖巨無霸甲蟲！」他抬起頭來看。「甲蟲成蟲一定是在我們上面的樓層。」他思考了一下。「牠們的蛋通過那些洞掉進這些鋪著橡木覆蓋物的槽裡。」他沿著槽走一面指著，「你看，裡面還有更多。」

「這是個孵化槽！」薇吉妮亞驚叫起來。

他們頭頂上傳來如雷的隆隆聲，另一顆巨大的甲蟲蛋掉進鋪著橡木覆蓋物的柔軟底部。

達克斯順著槽邊奔跑，數算蛋的數量。「這裡肯定至少有三十顆蛋。」他在跑的時候，感覺異常興奮，好像能夠跑上好幾英里——即使已經走了整夜，他卻發現自己絲毫不覺得疲憊。他停下腳步，「薇吉妮亞，你有沒有覺得哪裡不一樣？」

「不一樣？」薇吉妮亞皺了皺眉。「你是指什麼？」

「我不曉得，好像……精力充沛，」達克斯努力設法解釋，「我的身體感覺很強壯。」

薇吉妮亞眨眨眼，「我懂你的意思。好比說，現在，我覺得自己好像能夠爬上那面牆，然後來個後空翻。」

「你可以嗎？」

「不行，當然沒辦法啦。」微吉妮亞哼了一聲。

「唉唷，我不曉得嘛。」達克斯聳一下肩。「你很擅長體操啊。」

「是沒錯，不過我沒辦法爬上牆再後空翻。要是我行的話，你現在就會看到我那麼做了，而且我會反覆做個不停。不過……」她打量那面牆，「現在這樣想著，我的肌肉就迫不及待想試試。」

「試試看吧。」達克斯說。

薇吉妮亞看了他一秒，突然轉身衝刺起來，盡可能用最快的速度跑向房間盡頭，在接近牆壁時更加快速度，然後用左腳重重的踩，使勁抬起右腿，先踏一步、再兩步上牆，接著用力往後一蹬，做個後空翻，再以蹲伏的姿勢落地。

「哇！」達克斯鼓掌。「好酷喔！」

薇吉妮亞直起身，低頭查看自己的身體。她走向達克斯，「你也做點什麼吧。」

「要做什麼？」

「我不知道，什麼都可以，跑步、跳躍，隨便做個動作就行了。」

達克斯全速跑向她，兩腳用力一蹬跳起來，高高的跳到空中，兩條手臂像風車似的擺動，跳了將近四公尺才著地。

「這到底是怎麼回事？」薇吉妮亞問，她睜大眼睛看著自己的雙腿。「好像我們得到超能力一樣。」

「可是我們並沒有改變啊。」達克斯查看雙手再看看四周，「是這個地方，因為空氣的關係，」他伸手在面前揮了揮，「這裡面的含氧量一定很高。」他瞇起眼睛凝視孵化槽。「對了，當然是這樣！這裡的空氣必須含有較多的氧氣，否則這些巨無霸甲蟲會無法呼吸！牠們的體型太龐大了。這就是森林裡那隻恐龍甲蟲死掉的原因。」

「慢一點，」薇吉妮亞皺起眉頭，「再多解釋一點。」

「甲蟲是透過外骨骼上的小洞呼吸。」

「對，我曉得是氣孔。」

「空氣從氣孔進去，其中氧氣經由擴散被吸收到甲蟲的身體裡面。甲蟲不會長很大的原因是，空氣進入甲蟲體內後只能擴散到一定的距離，氧氣就被吸收耗盡了。但是甲蟲深處的組織也需要氧氣來維生，因此甲蟲不可能長超過一定的大小。牠們必須維持小的體型……」

「除非……」薇吉妮亞的眼睛一亮，「空氣中有較多的氧！」

「對！」達克斯點頭。「在三億年前的古生代，大氣的含氧量是百分之三十五，那時就有巨蟲。」

「氧氣對我們的肌肉也有效果。」薇吉妮亞彎曲膝蓋跳得好高。「我好奇那對馬文是否有什麼作用？」

達克斯看向肩膀，「巴克斯特，你能感覺到嗎？」

兜蟲點點頭，從達克斯的肩膀迅速起飛，飛起來更像獵鷹不像甲蟲。

「太好了！」達克斯大笑，所有棲息在背包開口附近的基地營甲蟲決定加入巴克斯特，在空中快速飛來飛去。

「這些蛋，」達克斯眺望廣闊大廳裡的孵化槽，「全是巨無霸甲蟲。」

「你想她是在培養巨無霸甲蟲大軍嗎？」薇吉妮亞睜大眼睛。

達克斯皺起眉頭，「可是牠們肯定沒辦法在地球的大氣中生存啊。」

薇吉妮亞聳一下肩，「盧克莉霞．卡特本身就是隻巨無霸甲蟲。」

達克斯搖搖頭，「不，她**永遠**沒辦法成為真正的甲蟲。」

24 幼蟲農場

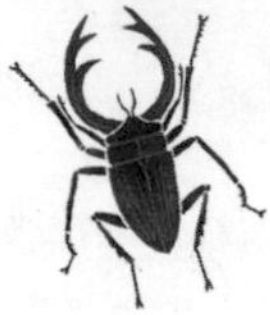

他們走在孵化槽旁邊，達克斯看見蛋和橡木覆蓋物下面有條速度緩慢的輸送帶。他們循著輸送帶走得越遠，蛋就變得越大，形狀也越像豆豆糖，直到他們走到幾顆正在孵化的蛋前面。幼蟲半透明、扁平的頭部正穿破巨大的蛋殼、破殼而出。

目前為止，達克斯見過最大隻的幼蟲是像小香腸那麼大，但是這些恐龍甲蟲的幼蟲卻跟人類的嬰兒一般大小。

「喔，哇。」薇吉妮亞低下頭，直到和扭動身體破蛋而出的幼蟲一樣高度，「你長得好醜喔！」

「輸送帶到這裡結束。你看，那裡有滑道。」達克斯來到最近的滑道旁，上面貼著**長戟大兜蟲**的標籤，還有幼蟲的示意圖。

「這邊這個寫著**虎甲蟲**。」薇吉妮亞指著，「另外這個寫著**泰坦大天牛**。」

一共有八條滑道。

「肯定是有人將幼蟲分類之後，放到相關的滑道裡。」

「我才不想做這種工作呢。」薇吉妮亞縮回下巴，「那些傢伙看起來會咬人。」她指著一隻幼蟲，牠用後腳站起來，黑色口器不停的開開闔闔。

達克斯探頭到標示著**虎甲蟲**的滑道上，「唉唷，好噁！」他猛然把頭縮回來。「那裡面臭死了。」

薇吉妮亞走過來站在他旁邊，皺起鼻子。「喔，天哪！我明白你的意思了。」

「聞起來好像腐肉的味道。」

「虎甲蟲的幼蟲會吃其他的昆蟲，」薇吉妮亞說，「牠們非常凶殘。」

「我好奇巨無霸虎甲蟲吃什麼。」

「我們還是別知道吧。」

「嗯，」達克斯回頭看了看人廳，再轉回來看著滑道，「我們要不從原路走回去，要不就……」

薇吉妮亞看著他注視的方向。「喔，不，我才不要到那下面去。」

「這條是長戟大兜蟲幼蟲的滑道。」

「你在跟我開玩笑嗎？」

「牠們在幼蟲階段是吃腐爛的木頭，」達克斯說，「不會對你有興趣的。」

「可是我們不知道那下面有什麼啊。」

「正是因為這樣，我想知道一旦孵出來後那些幼蟲會怎麼樣？在蛹化前，幼蟲生長通常分成三或四期，稱為『齡期』。牠們會在攝食階段完成所有的成長發育。」他凝視著滑道，「一隻發育完全的幼蟲比成蟲還大隻，我必須親眼看看。」

「我不看也沒關係。」薇吉妮亞嘟著嘴說。

達克斯坐在滑道邊緣，把兩腿晃進去，對她咧嘴一笑，「待會在底下見囉。」他說著，用手一推就出發了。

「等一下！」他滑下去時聽見薇吉妮亞大喊。

這滑道好像遊樂場的滑梯，把他送進一個光線昏暗的房間，地上鋪滿了木質覆蓋物。他站起來拍拍褲子，撣掉手上的灰塵，他的兩腳陷進柔軟的地板。大多數幼蟲喜歡埋藏起來，所以他小心謹慎的走向房間中央，格外留意別踩到哪條蟲的尾巴。

大量成堆的堆肥散布在各處，因為幼蟲在下面鑽來鑽去，因此覆蓋物的表面龜裂、呈波狀起伏，宛如地震的前兆。達克斯伸手到泥土裡，找到一隻幼蟲後拿起來看，牠的大小有如臘腸狗。等走到房間中央，找出的幼蟲就跟海豹一樣大了。

一陣嘎吱的噪音宣告了薇吉妮亞也謹慎的登場，她倒退著慢慢下滑梯，雙腳牢牢的抵在滑道兩邊，一次移動一步。

「你在怕什麼啊？」達克斯大笑。

「呃……滑進一堆糞便裡頭？」薇吉妮亞回答。

「那只是覆蓋物跟堆肥……就是一堆腐爛的木頭和植物而已。」

「還是很噁心啊。」薇吉妮亞皺起鼻子環顧四周。「這間房間裡全都是長戟大兜蟲的幼蟲嗎？」

「她養殖的每種巨無霸甲蟲肯定各自有一個房間。」達克斯點點頭。「你知道我很想去看看泰坦大天牛幼蟲的房間。沒有人在野外看過泰坦大天牛的幼蟲，牠們一定很龐大。」

「你瘋了嗎？巨無霸泰坦大天牛的幼蟲可能會咬掉你的頭耶！」薇吉妮亞搖搖頭。「絕對不行。」

「的確有可能，」達克斯點頭，「不過八成不會。」他比手勢指向整個房間，「牠們是溫和的大塊頭。」那些長戟大兜蟲的幼蟲頭部扁平、呈鐵鏽色，琥珀色的腿粗粗短短，他笑著看一隻長戟大兜蟲幼蟲把頭鑽進基質，用腿部毛茸茸的圓形末端挖掘。「你瞧，看到幼蟲身體側面的黑點嗎？」他指出來。「那些是氣孔。」那隻幼蟲在往下挖掘時，半透明的肥胖臀部不斷的來回搖擺。

「牠們長得並不漂亮，不是嗎？」薇吉妮亞盯著一隻正大聲咀嚼西瓜的幼蟲說。「那種長相只有牠們的母親才會喜歡。」

「小心你的腳踝，」達克斯說，一隻幼蟲鋒利的黑色口器從她旁邊的土壤裡鑽出來。薇吉妮亞連忙跳開。「我們要怎麼離開這裡？」

「那邊有扇門。」

「當然，一定是在最遙遠的那頭。」薇吉妮亞邊小聲抱怨邊爬向達克斯。

「你看！」達克斯指著。「我們越往房間另一頭走，幼蟲就越來越大隻，發育也越來越成熟。看看牠們有多大隻。那隻大得跟海象一樣。」

「那隻整個硬掉了。牠死了嗎？」

「沒有，牠變成蛹了。」達克斯興奮的爬到蛹旁邊，伸手撫摸邊緣堅硬的表面。「這是不是很神奇？」

「對，棒極了。」薇吉妮亞跳到那扇門前，試一試把手，門開了，她放心的展露笑容。「走吧，我們離開這裡吧。這地方讓我覺得很不自在，我們必須去找你爸爸。」

達克斯最後再望一眼幼蟲室。她培養這麼神奇的生物，但牠們卻無法在地球的大氣裡生存，實在太不公平了。而且她為什麼要培養牠們？成立軍隊？那違反了牠們的天性。這一切都是錯的。他為這些巨大的動物感到難過，同時他知道假如要跟這些生物起正面衝突，他絕對無法對付牠們或傷害牠們。

25 生化機器甲蟲

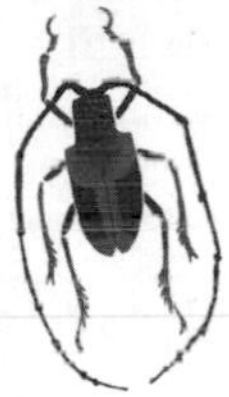

他們出來時發現自己回到另一條白色的六角形走廊。

「所有的走廊看起來都一模一樣。」薇吉妮亞抱怨。

「我想我們仍然朝正確的方向前進。」達克斯說，「不過，我們需要找座樓梯或電梯。因為我們最後還是得上去。」達克斯說。

「我們爬得越高，就越有可能被發現。」薇吉妮亞回應。

他們邊走邊提防攝影機。之後他們發現了一間倉庫大小的房間，地板上鋪滿泥土，擺了數百個巨蛹，蛹與蛹之間相隔一公尺。

達克斯低聲說：「牠們正在裡頭轉變為成熟的恐龍甲蟲。」

「變態是種奇怪的巫毒魔法。」薇吉妮亞回應。

他們繼續沿著永無止境的走廊前進。達克斯拿出裝置，輕敲一下六角形打開另一扇門。他們把頭探進一間白色房間偷窺；在房間遠端有三、四十隻大小正常的甲蟲，六腳朝天仰躺著，已經死了。房間右手邊的牆上有一排電視監視器，看上去全都在播放日出或叢林枝葉的影像。巴克斯特跳下達克斯的肩膀，飛向死掉的甲蟲，在屍體之間徘徊，觸鬚顫抖著。達克斯跪倒在這可怕現場旁的地板上。

「巴克斯特，你還好嗎？」兜蟲低下頭，用犄角將一隻死甲蟲推向他。達克斯小心翼翼的用拇指跟食指撿起甲蟲，「這是隻公的猴甲蟲。」薇吉妮亞靠過來時達克斯說，「我是從書上認出來的。你看牠又長又壯的後腿還有發亮的藍色外骨骼。」他抬頭看著她，「這些傢伙只在南非出沒。」

「牠頭上那是什麼東西？」薇吉妮亞彎下身體，「牠的胸部上面有個金屬玩意兒，兩眼之間黏著一顆小球。」

「我也想知道。」達克斯環視房間，巴克斯特回到他的肩上。在閃爍不定的螢幕下面有張長桌，桌上電腦旁邊有本筆記本。達克斯走過去拿起筆記本時，看到房間後牆上擺滿好幾層架子的塑膠玻璃飼育箱。他把筆記本交給薇吉妮亞，自己走去查看飼育箱，「這個飼育箱裡有超大的非洲花金龜；這個裡面是猴甲蟲；這箱裡面有更多的非洲花金龜。」他看向薇吉妮亞。「這些全是很會飛的甲蟲。」

「她在製造生化機器甲蟲。」薇吉妮亞說。她快速翻閱筆記本的頁面，再抬頭看電視螢幕。「牠們胸部上面有微晶片，讓操作的人可以藉由給予電擊來控制牠們的飛行，牠們兩眼中間的那一團是針孔攝影機。」

「監視甲蟲！」達克斯低頭看著手掌上死掉的猴甲蟲。「利用電擊？太殘忍了吧。」

「先是恐龍甲蟲，現在又是生化機器甲蟲。」薇吉妮亞將筆記本塞進褲子的大口袋裡。「我真不敢想她還做了什麼？我要把這本筆記本交給愛瑪・蘭姆。如果她要獲得普立茲獎的話會需要證據，因為沒有人會相信生化機器甲蟲真的存在。」

「這地方好可怕。」達克斯想離開這個房間，他把死掉的猴甲蟲放置在桌上。「我們走吧。」看到生化機器甲蟲的困境他很難過，不過接著他又想，巨無霸甲蟲的境遇比牠們更糟，那些巨蟲永遠見不到天日，也呼吸不到地球的空氣。他想要放所有的甲蟲自由，他回想起陶靈大宅裡的盧克莉霞・卡特甲蟲，牠們憤怒好鬥，不斷用頭撞擊飼育箱的牆壁，那時他以為牠們生性邪惡，因為牠們是盧克莉霞・卡特飼養的，不過現在他懷疑牠們出現那樣的行為是因為她對牠們所做的事。**也許牠們只是想要出去**，沒有甲蟲一開始就很壞。盧克莉霞・卡特利用遺傳學及她對昆蟲的知識逼迫牠們做壞事，所以牠們才會出現那種行為……可是如果甲蟲可以被利用來做壞事，那麼按照同樣的邏輯，牠們也可以做好事。

他們繼續沿著走廊走，直到來到一處交叉口。

「左邊、右邊，還是直走？」薇吉妮亞問。

「我說我們繼續走下去。」達克斯說。

「我們最後可能會在整棟圓頂建築下面繞一圈，再從另一頭出來。」

「愛瑪說有部中央電梯上去那棟主圓頂建築裡面，可以通到實驗室，至今我們還沒看到任何電梯。」

他們往前走，達克斯一邊打開各扇門窺探房間裡面。有間儲藏室堆滿一袋袋的泥土和覆蓋物，還有間房間散發出消毒劑的臭味，顯然是用來清潔昆蟲農場的設備。

「那邊有電梯。」薇吉妮亞悄聲說著指向走廊盡頭的雙扇門，她抬頭查看是否能瞧見攝影機。

就在電梯前面左手邊有扇門。達克斯按下六角形，門開了。「我迅速看一下就好，」他小聲說，快速鑽進房間裡。

那房間幽暗溫暖，門口左邊有個發光的恆溫器，遠處牆上有個小燈泡散發出柔和的紅光。走廊的光線湧進房間，達克斯可以看出房間內空空蕩蕩，只有四個巨大的圓柱形容器平放在白石板上。

他躡手躡腳的走向容器，無法看到裡面有什麼。他徑直走到最近的容器，把臉貼靠在玻璃上。四個容器似乎全都裝著同樣的東西，一個蒼白、有脊狀線的物體。他移動一下發現這個僵硬的物體表面是半透明的，裡頭有東西。他看見兩個深色的圓圈，是眼睛，還有鉗子般的口器。

他震驚得倒抽一口氣，踉踉蹌蹌的往後退，兩眼快速的瞄過一個又一個的容器，然後轉身跑出門外。他用手重重的拍打黑色螢幕，反覆按壓六角形，直到門關上。

「怎麼了？」薇吉妮亞問，「裡面有什麼？」

「是她。」達克斯喘不過氣來，「她在所有的容器裡面。」

「是誰啊？」薇吉妮亞害怕的瞪大眼睛看著他。「我聽不懂。」

「一共有四個她！」達克斯的心臟怦怦狂跳，「她在製造自己的複製人。」

「誰？」

「盧克莉霞・卡特。」

「什麼？」薇吉妮亞猛吸一口氣。

「薇吉妮亞，我們犯了嚴重的錯誤。我們不該自己來這裡。我們需要柏托特和麥西伯伯。」達克斯抓住她的手臂，「我們必須離開這裡回營地去，馬上。」

「這麼快就要離開了？」

達克斯呆住了，聽到那可怕熟悉的聲音，他身上每根汗毛都嚇得豎起來，他轉過身去——電梯門開了，站在裡面的是盧克莉霞・卡特。

26

達克斯誘餌

盧克莉霞．卡特捨棄了電影獎上的假髮、墨鏡，和金色唇膏。她的下巴已經不見了，取而代之的是甲蟲的口器和大顎。她的頭頂上是交錯的黑色鱗片、一簇簇粗硬的毛，以及長長的觸鬚。靠後腿站立的她將近九呎高。她身上仍然穿著實驗袍，不過底下衣服的前襟割開，好讓她的甲殼質四肢可以活動自如。達克斯和薇吉妮亞走在她前面，進入電梯。她沒必要束縛他們，因為她能夠察覺他們的任何行動，甚至比他們的大腦傳訊息給肌肉還要早一步，他們根本無法逃脫。

巴克斯特退卻，爬進達克斯的T恤領子裡，再爬下他的背。他現在窩在達克斯的肩胛骨之間，就在背包上面。所有的基地營甲蟲都急急忙忙爬進背包裡。

盧克莉霞．卡特帶他們搭電梯向上。在玻璃的電梯井內往上升的時候，達克斯看見霧濛濛的旭日投下玫瑰色的晨光，透過超大溫室的屋頂照射在美得不可思議的雨林裡，但是緊緊揪住內心的冰冷恐懼侵蝕了他所有的感官。

「你覺得我的新家怎麼樣？」盧克莉霞問。

達克斯看著地上，「你在這裡做的事情很殘忍。」

「你爸爸很愛這裡呢。」

達克斯非常生氣，「你騙人。」

「我等不及想告訴他你來參觀了，他一定會很驚訝。」她把口器貼近他的耳朵。「或者也許我先不告訴他，把消息留到最……具衝擊力的時候再說。」

達克斯氣憤的瞪著地板，幾乎可以把地板燒穿個洞。一聲鈴響，電梯門開了。

「以小孩子來說，你們的腦筋倒是機靈得出人意料。」盧克莉霞用爪子推薇吉妮亞一把，將她推出電梯。「像老鼠一樣，不過我真的想知道的是你們怎麼知道我的百歐姆在哪裡？」

達克斯和薇吉妮亞互望一眼，緊閉嘴唇。

「是那個三流記者，愛瑪．蘭姆，對不對？我知道她躲在外面的森林裡。她把百歐姆的事告訴了你們嗎？我敢打賭她說了，對不對？她還告訴了什麼人？」

達克斯保持面無表情。「我絕對不會說的。」

「哈！」盧克莉霞．卡特惡聲惡氣的說。「小卡托，我敢肯定任何我想知道的事，你會馬上告訴我。」

「別期望太高。」薇吉妮亞咕噥著說。

「說話小心點，丫頭。」盧克莉霞憤怒的轉過頭來，「你對我一點用處也沒有。」

「離她遠一點。」達克斯跳到盧克莉霞．卡特與薇吉妮亞之間。

「達克斯．卡托，你們不請自來闖進我的百歐姆，這可是犯罪的行為。」她彎下腰來，如茶碟大小的黑眼睛距離他的臉僅有一吋。「我要把你們關進牢房，然後好好想一想要怎麼處置你們。」她的觸鬚顫動。「有更多小孩當實驗品應該不錯。」她揪住達克斯的襯衫和薇吉妮亞的辮子，拽著他們在走廊上大步行走，他們兩人跌跌撞撞的跟在她後面。

他們抵達牢房，發現毛陵坐在椅子上，眼睛閉著，兩腿張開，正在打鼾。盧克莉霞．卡特踢他一腳，他猛然驚醒，還被自己的唾液嗆到，當看清楚是誰的時候，他踉踉蹌蹌的站起來。

「是的，老闆，我是說，夫人，呃，」他行個禮，「我準備好接受任務了。」

「這裡有兩個人要進牢房。」她說著放開達克斯和薇吉妮亞。

「只剩下兩間空的牢房，」毛陵搔一搔光頭。「我要把他們分開嗎？」

「不用，把他們關在一起就行了。我隱隱覺得叢林裡還有更多老鼠，我說得對嗎？」她盯著達克斯看，他保持面無表情。「叫柯雷文跟丹奇許用生化機器甲蟲去找出他們來，然後出去把他們帶進來，我不想再有任何驚喜。」

達克斯非常懊惱。麥西伯伯、柏托特、愛瑪，和莫蒂一醒來發現他跟薇吉妮亞不見了，緊接著就會被抓，這都是他的錯。

「還有，」盧克莉霞伸手按住達克斯的背包，「我想這個包包最好交給我，你不覺得嗎？」

「不行！」達克斯猛的退開，不過丹奇許抓住他，硬搶走背包交給盧克莉霞．卡特。

「不要碰他！」薇吉妮亞大喊。

「謝謝你把我的甲蟲帶回來給我。」盧克莉霞朝他揮舞背包，她的嘴巴露出一抹充滿惡意的笑容，不再有絲毫金色唇膏的痕跡。「我會很樂意分析這些甲蟲。」

達克斯感覺巴克斯特順著他的背部往上爬。兜蟲衝出他的T恤，憤怒的發出嘶嘶聲攻擊盧克莉霞．卡特。同時基地營甲蟲也從背包裡猛然衝出，蜂擁至她的頭部四周不斷的刺咬、噴射酸液、扒抓任何牠們能抓的部位。

「馬文！」薇吉妮亞喊道，粗腿金花蟲飛去幫忙牠的親友。

盧克莉霞．卡特搖搖晃晃的往後倒，這番攻擊讓她一時震驚得不知如何反應，不過她隨後重新振作起來，對牠們的攻擊不屑一顧。她猛力將甲蟲打到一旁，用口器夾住巴克斯特，接著把其他的甲蟲踩在腳下。兜蟲尖叫著拚命掙扎，想要逃開避免被咬。

「啊啊啊啊——」達克斯大叫，使勁撲向盧克莉霞的腿，撞得她往後退。她鬆開巴克斯特，巴克斯特滾落地上，發出令人恐懼的沉重撞擊聲。達克斯在地板上蜷縮成一團，保護他摔下來的朋友。

「巴克斯特，你沒事吧？巴克斯特？喔，不，**拜託不要有事**。巴克斯特？我在這兒，兄弟。」兜蟲動也不動。他用一根手指輕輕撫摸巴克斯特的翅鞘。「你聽得見我的聲音嗎？現在沒事了，我在這兒。」熱燙的淚水從他眼睛滾落。他看見巴克斯特的一條腿不見了，「求求你，巴克斯特，」他低聲說，「我需要你。」達克斯把兩手彎成杯狀溫柔的捧起甲蟲，拚命眨眼睛想眨掉淚水。

「你這個惡魔！」薇吉妮亞大吼，盧克莉霞站了起來。

最近一間牢房的門傳出砰的巨響。「露西？」一個男人的聲音大喊，「你不能把我關在這兒。你聽到了嗎？我們可以一起統治這個星球啊！」

盧克莉霞不理睬兩個孩子，發出一連串討人厭的喀噠聲，被擊敗的基地營甲蟲順從的列隊回到背包裡。她撿起背包，順著走廊小跑步離開，像個氣呼呼的踩高蹺藝人。

第二聲砰傳來。**「露西！」**透過門上的小窗，達克斯看見一隻黑色複眼和一張有鱗的臉；一秒後換成一隻冰藍色的眼睛。「毛陵，我的老朋友，」那男人說，「你得讓我跟那個老潑婦談談，她不能把我一直關在這裡。我跟你是一國的，記得嗎？」

「我只是遵照命令辦事。」毛陵回答，他揪住達克斯的頸背，拉他站起來，然後猛拉薇吉妮亞的臂膀。

「放手。」達克斯瞄準毛陵的腳踝一踢。

「唉唷！」毛陵發出哼聲放開達克斯，用手掌巴了達克斯的後腦杓一下。達克斯大叫一聲往前絆倒，耳朵嗡嗡直響。

「你怎麼不找個頭跟你差不多的？」薇吉妮亞想揍毛陵一拳，但是他跟猛烈揮拳的她保持一定的距離。不顧他們抗議的行動，惡棍逼迫他們走過關著有兩隻不同眼睛的男人的牢房，再經過一間，然後在感測墊上按下拇指指紋，打開第三間牢房。他把他們兩人推進去後揮一揮手，門就關上了。

達克斯一屁股坐到地上，打開彎成杯狀的雙手。

「牠還好嗎？」薇吉妮亞在他身旁跪下。

「牠完全沒動，」達克斯小聲說，「而且牠失去了一條中足。馬文……呢？」

薇吉妮亞指向髮辮，馬文在那裡，緊緊攀附著辮子。「牠只會愛人，不會打架，牠幾乎立刻就被甩到地上，還好我抓住了牠。」她伸手到褲子口袋拿出一小盒香蕉果凍，打開來遞給達克斯。「喏，試試這個。」

達克斯抬起巴克斯特，把果凍拿到牠的大顎前面，兜蟲的觸鬚微微抖了一下。「動了！我看見牠的觸鬚動了。」他說，心裡竄升起希望。

「我也看到了，」薇吉妮亞同意，「或許牠需要一點時間復原。」

達克斯翻身平躺，將巴克斯特小心翼翼的放在胸膛上，把香蕉果凍拿在甲蟲搆得到的位置。慢慢的，巴克斯特的體力似乎穩定的恢復，不久開始小口小口的吃著果凍。

「我想牠會沒事的。」達克斯鬆口氣說。

「我們得離開這裡。」薇吉妮亞環視牢房，「這間牢房是三角形。每間牢房肯定都是等邊三角形，在某點相交形成六角形，這代表另外還有五間牢房，除了一間以外全都有人。我好奇其他的牢房裡關了誰？」

達克斯沒答腔，他累了。他忍不住想像柯雷文跟毛陵找到了他們的營地，而麥西伯發現達克斯不見了。

「一張捲起來的墊子和一條折疊的毛毯，算不上是張床，沒有窗戶、牆壁、地板，和門一樣，全都是白色。」

「你在做什麼？」達克斯問。

薇吉妮亞用手指沿著門的邊緣摸一圈。「你想你那玩意可以打開這扇門嗎？」

「當然不行，」達克斯沒好氣的說，「丹奇許用的是指紋。」

「欸，起碼我們可以試試吧。」薇吉妮亞用犀利的眼神瞪了他一眼，「總比放棄、生悶氣要來得好。」

達克斯從口袋掏出裝置，扔給薇吉妮亞，「那你來試。」

「謝啦，我會試試看的。」薇吉妮亞轉身背向他，開始按螢幕。

兩隻甲蟲和兩個孩子對抗盧克莉霞．卡特的軍隊有什麼用？他原本希望來這裡解救爸爸，卻只是讓一切變得更糟。現在爸爸得事事按照盧克莉霞．卡特的要求去做，因為達克斯在她的牢房裡。這正是耶誕節前他們兩人爭吵時，父親警告過他的情況。達克斯閉上雙眼。

「達克斯？」一個溫柔的聲音悄聲說，「達克斯，是你嗎？」

「諾娃？」達克斯用手肘撐著坐起來，懷疑是否是他在胡思亂想，不過薇吉妮亞轉過身來看著他。

「喔，真的是你！」

這確實是諾娃的聲音。達克斯抬頭看著薇吉妮亞，「諾娃，你在哪裡？」

「我在這裡，在通風口旁邊。」

達克斯掃視牆面，看見接近三角點的地方有個小的白色通風口。他急忙爬過去，薇吉妮亞緊跟在他後面。

「諾娃？你還好嗎？我跟薇吉妮亞在這裡。」

「哈囉，薇吉妮亞。」

「嗨，諾娃。」

「她……把你放進蛹化機器裡了嗎？」

「沒有。她試過了，不過你爸爸跟史賓賽，他們救了我……」

「史賓賽在這裡？你見過他了？」達克斯看向薇吉妮亞，她朝他豎起兩根大拇指。

「嗯，是啊，他人非常好。他有隻糞金龜叫史卡德。」

「你說達克斯的爸爸救了你？」薇吉妮亞問。

「對。哦，達克斯，你說得沒錯，他是站在我們這一邊的，很抱歉之前說他不是。」

達克斯感覺心裡湧起一股欣慰的暖流，「沒關係啦。」

「柏托特在哪裡？他跟你們在一起嗎？」諾娃問。

「沒有，」薇吉妮亞回答，「他跟麥西伯伯和另外兩位大人在一起。」

「諾娃，我把事情搞砸了，」達克斯坦承。「我想要救你跟史賓賽，還有我爸爸。我以為如果只有我和甲蟲神不知鬼不覺的溜進來解救你們會比較好，所以我私自跑出來。薇吉妮亞試著阻止我，不過她說服不了我，所以才跟我一起來。現在，盧克莉霞・卡特逮到了我們，我們跟你一樣被困住了。」

「那其他人呢？」諾娃問。

「他們在外面的森林裡。」達克斯回答。

「哦，那麼，還有希望。」諾娃說。

「我不這麼想。盧克莉霞・卡特派柯雷文和毛陵出去抓他們了。」

「嗯……」薇吉妮亞開口想說什麼，卻又咬著嘴脣。

達克斯注視她；她的眼神四處遊走，一直在眨眼睛。「怎麼了？發生什麼事？」

薇吉妮亞低頭挨著通風口，然後招手示意達克斯靠近一點。

「我得告訴你一件事，但是你可不能生氣喔。」她用嘴形不出聲的說。

達克斯凝視著她點了點頭。

「我們是誘餌。」她小聲說。她看見他一臉困惑，畏縮了一下。

「你這話是什麼意思，『我們是誘餌』？」

「昨晚你起來的時候，不是只有我跟著起來。」她意味深長的看了達克斯一眼。「我們**大家**都起來了。」

達克斯搖搖頭皺了皺眉，他仍然不明白她想說什麼。

「那是柏托特的主意。」薇吉妮亞把一根手指放在嘴脣上，「由我們當誘餌，」她壓低聲音再說一次，「分散他們對其他人的注意力，幸好我們被逮到了。」

「他們在這裡？」達克斯小聲說。

薇吉妮亞點點頭，她的眼睛睜大。「而且柯雷文和毛陵被派出去搜索他們了。」

「所以救援行動現在正在進行！」諾娃尖聲說。

「我好累喔，」薇吉妮亞大聲說，一邊伸展雙臂假裝打呵欠。「我們把床搬到這邊來休息一下吧。整晚沒睡，我現在需要睡個覺。」她看著達克斯。

達克斯起身，幫她將捲墊及毯子拖到通風口旁，他的頭暈暈的。麥西伯伯和其他人一路跟著他們，整夜徒步穿過森林？而且他們就在百歐姆裡面？他們擬訂計畫沒跟他商量，他感到既震驚又傷心——不過話說回來，他自己也是計畫一個人出走、留下他們。想到其他人在這裡某處，而且有了計畫，興奮的火花就點燃了微小、藍色的希望之火。

「我們在這裡休息吧，睡到……」薇吉妮亞停頓一下，「有東西把我們吵醒。」

在鐵格柵的另一邊，諾娃也把床拖過來。三個孩子躺下，頭都靠在通風口旁，只隔著一堵牆。

達克斯拉毯子蓋住他和薇吉妮亞的腿。他翻身側躺，背對著薇吉妮亞，好將巴克斯特握在手掌中，貼在胸前。

「達克斯？薇吉妮亞？」諾娃低聲說。

「嗯。」他們兩人抬起頭來回應。

「有件事情你們必須知道，在我另一邊的牢房裡有個男人。」

「是剛才大聲嚷嚷的那個人嗎？」達克斯問。

「對。」諾娃停頓一下，「不論發生任何事，你們都千萬不要接近他。」

「他出了什麼事，他看起來……我是說，我想我看見了『複眼』。」

「他進去過蛹室了，他非常危險。」

「是盧克莉霞．卡特……？」

「不，是他自己進去的，不過把他變成了怪物。他會吃人。」

「唉唷，好噁。」薇吉妮亞扮了個鬼臉。

「反正，不管你們做什麼，」諾娃說，「都要遠離蘭卡博士。」

27 單方面的討厭

皮克林在牢房裡來回踱步。有件事情困擾著他，可是他無法明確的指出是什麼事。隔壁牢房裡的男人憤怒的大吼大叫是很煩人沒錯，不過困擾他的並不是這件事。

「我的意思是，當然啦，我被一億隻討厭的甲蟲叮咬了嘛，」他對自己咕噥著說，隔著亮綠色的棉質連身褲搔抓發癢的大腿，「肯定是這個原因。」

他希望等到終於能見到可愛的盧克莉霞時，有件晚禮服或至少西裝可以穿，不過丹奇許說這裡唯一多餘的衣服是清掃甲蟲時用的工作服。皮克林不理解清掃甲蟲的意思，但是他對交給他的這條鮮綠色的連身褲沒有異議，這件褲子乾乾淨淨，比他原本髒兮兮的褲子好多了。亨弗利勉強塞進他們最大號的連身褲，不過肚子上的暗扣卻扣不起來，因此他那像蠟一樣慘白的肚腩凸了出來。皮克林暗自高興，他原本擔心盧克莉霞會更被他表弟吸引，但是在看到亨弗利的肉從衣服繃出來，宛如是個穿著不合身的嬰兒連身衣的光頭巨嬰，樣子引人發笑，心中的擔憂就消失一空。

他搖了搖頭。不，困擾他的不是過去那星期在叢林裡所受的咬傷、擦傷，和瘀傷，而是別的。他明顯的感覺怪怪的，彷彿內心有個黑洞。他輕拍一下肚子，已經不餓了。丹奇許拿給他一大碗燉菜和一大塊麵包，那是他吃過最美味的食物。他狼吞虎嚥的吃下去，現在身體已經飽足，可是他卻不快樂。

「我到底怎麼了？」皮克林嘆了口氣坐到地板上，背靠著牢房的白色牆壁，用手指不停的敲擊膝蓋骨。

肯定是因為快要見到我的真愛了。想到這裡，他暗自偷笑。沒錯！他感覺到的正是在哈莉葉特·哈魯魯羅曼史小說中讀過的忐忑不安心情。他既緊張又興奮，因為他知道一旦甜心盧克莉霞聽到丹奇許誤將他和亨弗利扔進牢房，她就會趕來這裡釋放他們。他想像當她明白他們為了見她，特地大老遠來到這座叢林時臉上喜悅的表情。她會為他們受到的待遇生氣，並且道歉。他想像她含淚衝進門，把他的頭緊緊擁入懷中，再三道歉，懇求他原諒。

想像這畫面他就覺得高興，但是胸口的黑洞卻撫不平。他感覺就好像有人死了，雖然，他曾經有認識的人過世，但不曾有像這樣的感覺。也許他是在叢林裡染上某種疾病？他很希望亨弗利在他身邊，好問他這是怎麼回事。他皺起眉頭提醒自己，他跟亨弗利黏在一起只是因為想要盧克莉霞·卡特承諾給他們的錢。等錢一拿到手，他們就會分道揚鑣，而且他們一定會很高興擺脫掉對方。亨弗利是個愚蠢、貪心的惡霸，多年來害他的生活痛苦不堪。

他環視空蕩蕩的白色三角形牢房，不怎麼舒適。若不是他知道盧克莉霞・卡特見到他會很高興，或許他會有點害怕。畢竟，現在身在異國的叢林中央，還關在牢房裡，沒有人曉得他在這兒。要不是他跟盧克莉霞・卡特交情那麼好，這一切將會非常可怕。他雙臂交叉抱胸，想知道她還要多久才會來。

他必須承認亨弗利不在身邊很無聊，沒有人可以說話，沒有人可以讓他吼、讓他戳。他已經好幾個月沒有跟表弟分開過，他們住同一間牢房，住院時睡相鄰的病床，一起露宿，一起到洛杉磯，一起擠進垃圾桶和直升機，一起對抗叢林，一起涉水過河——在經歷過種種磨難之後，如今被迫分開了。

「喔，不會吧！」皮克林用兩手摀著臉，「我竟然想念他！」

他簡直不敢相信。他匆忙站起來，狠狠揍自己的臉，把自己打倒在地。然後坐起身來，細查自己的感受，但是儘管鼻子陣陣抽痛，他的感覺還是相同——他的心中有個亨弗利大小的巨洞。他跟亨弗利在一起時從來不害怕，因為他的表弟強壯又暴力。他們每件事情都意見相左，老是在爭吵，可是自從遇見盧克莉霞之後，他們就站在同一陣線。皮克林沒有朋友，不過亨弗利至少受得了和他作伴。他是家人。

下次見到亨弗利，我要重重搥他一下，揍得他手臂發麻，這樣一想，他就感覺好過一點了。

牢房外面有聲響，是人聲。隔壁牢房的人砰砰砰的用力敲門，大喊放他出去。

皮克林跳了起來。說不定是盧克莉霞．卡特終於來接他了。他調整一下臉部表情，擺出他希望的迷人笑容，然後走到牢房門前，期待門滑開。但是門沒開，他把臉貼到上面的小窗戶上。

丹奇許的椅子是空的，沒人在那裡。

「我肯定是發瘋了！」皮克林咕噥著說。

「你早就瘋了。」亨弗利粗啞的嗓音傳來。

皮克林轉頭努力看向左邊，不過他無法看到隔壁的牢房，「亨弗利，是你嗎？」

「不然還會是誰？你這笨蛋。」

聽到亨弗利的聲音，皮克林高興起來，「我們在牢房裡不必再待太久了，」他說，「我相信只要盧克莉霞．卡特一得知我們在這裡，就會馬上來放我們出去。」

「我不介意待在這裡啊，」亨弗利嗤之以鼻的說，「比在外面跟蜘蛛和蛇在一起要好多了。」

「可是你不想拿到我們的錢嗎？」

「我開始覺得為了一筆錢這麼做實在太費工夫了，」亨弗利哼了一聲說，「我的雞被甲蟲咬傷，門牙被猴子打落，而且我好幾個月沒吃到派了，我想回家。」他嘆氣，「要是盧克莉霞．卡特帶著一把死甲蟲來到我們家門前時，我們不理她的話，我們現在還能擁有那間大賣場。」

「不，不會的，」皮克林回應，「市府要把我們趕出門，你記得嗎？」

「都是你寫信給他們惹的禍。」亨弗利抱怨。

「我想你應該知道自己也寫信給他們了。」皮克林沒好氣的反擊。

亨弗利陷入沉默。

「別垂頭喪氣啦，矮胖子。我們會拿到盧克莉霞．卡特欠我們的五十萬英鎊，然後搭頭等艙回家，再買間新房子居住──我們甚至可能找到一間在店鋪上頭的。」

「我以為你打算要娶盧克莉霞．卡特，跟她一起住？」

「喔，嗯，呃……嗯，很顯然的，我的確愛她……」皮克林沒想過如果他娶了盧克莉霞．卡特就得跟她一起住。他注視著牢房牆壁，他不喜歡住在叢林裡。

「不好意思，我想了一下，你剛才是說等我們回家的時候，你跟我要住在一起？」

「什麼？」皮克林硬擠出一長串高亢尖銳的大笑，「我幹麼要那麼做？我的意思是，我們互相討厭啊！」他停頓了一下，「不是嗎？」

「是，我討厭你。」亨弗利說完離開牢房門，「我要睡覺了，晚安。」

「哦，好，好吧。」皮克林轉頭看向自己的捲墊，然後將墊子拖到亨弗利牢房旁的那面牆邊。「祝你做個好夢啊！」他大聲喊著，一面拉過毯子蓋住身體。

「怪人。」亨弗利大聲回應。

28 甲蟲小隊

達克斯閉上雙眼，卻睡不著。腦海裡飄蕩著受傷的柏托特蹣跚的走在夜晚的森林中，以及父親一臉擔憂的影像。所有他關心的人都在這百歐姆裡，但是他不知道他們在哪裡。

柏托特大聲呼喊他的名字，接著喊薇吉妮亞的。他在找他們，可是他們拋下了他。

「達克斯！薇吉妮亞！你們在嗎？」

達克斯眨了眨眼睜開眼睛，他一定是迷迷糊糊的睡著了，還夢到了自己聽見柏托特的聲音。

「達克斯？你聽得見我的聲音嗎？」

他筆直的坐起來，他的動作觸動感測器，燈亮了起來。薇吉妮亞在他旁邊的地板上微微動了動。

「薇吉妮亞，」他搖一搖她，「該醒來了，我覺得我聽到了柏托特的聲音。」

薇吉妮亞急忙跪坐起來，從口袋拿出方形裝置，按下頂端的小按鈕，然後對著裝置說話，「柏托特，是你嗎？」

「是啊，薇吉妮亞，我在這裡。」

「我們找到諾娃了。」薇吉妮亞說。

「我曉得，我在監控攝影機上可以看到你們。」柏托特的聲音從裝置傳出來。

「你們在哪裡？」達克斯抓住裝置問。

「我們在保全棟。」柏托特回答。

「麥西伯伯在那裡嗎？」

「我們全都在這兒。」麥西伯伯的聲音透過裝置傳來，達克斯感到如釋重負，有那麼一瞬間他覺得自己可能會哭出來。

「我們一直躲在維修地道裡，等盧克莉霞．卡特派柯雷文跟丹奇許出去以後才闖進來。」麥西伯伯說。

柏托特的聲音再度回來，「駭入通訊裝置花的時間比我想的稍微久一點，抱歉。」

「達克斯？薇吉妮亞？發生什麼事了？」諾娃的聲音透過通風口傳來。「一切都還好吧？」

「諾娃，準備好，」薇吉妮亞對著鐵格柵說，「我們要逃走了。」

「聽我說，」柏托特說，「我可以打開牢房門，不過我不知道哪個開關控制哪扇門，所以我會同時打開所有的門。你們得去站在牢房門口，準備好逃跑。一共有六間牢房，其中一間是空的，不過諾娃左邊那幾間分別關著一個怒氣沖沖的甲蟲男、皮克林，還有亨弗利。你們可不想被他們任何一個人逮到，對吧。」

「你看得到毛陵嗎？」

「看得到，他在睡覺。」

「達克斯，聽好，」是愛瑪．蘭姆的聲音，「不要往毛陵還有你們進來的那條路走，你們必須往相反方向，往右邊走。離你們牢房兩公尺處的地板上有維修地道的入口。下了梯子後向右轉，會遇到一個通往一棟迷你圓頂建築的轉彎處——那邊是員工宿舍，別往那條路走！你們要繼續直走——第二個轉彎處就是通往保全棟，你伯伯會在那裡等你們。」

「好的，我知道了。」達克斯點頭。「走下維修地道，經過第一個出口，跟麥西伯伯會合。」

「祝你們好運。」柏托特說。

「柏托特，」達克斯頓了一下，「謝謝你來找我。」

「不然朋友是用來幹什麼的？」柏托特回應。「現在，我要打開所有的門囉。你們都準備好了嗎？」

「諾娃，你在牢房門邊嗎？」薇吉妮亞透過通風口悄聲說。

「對。」諾娃回答。

薇吉妮亞點點頭走過來站在達克斯旁邊。他迅速檢查一下，確認巴克斯特好好的在他肩膀上後，點頭回應。

「我們準備好了。」達克斯說。

「快，快，快！」柏托特說完，喀噠一聲牢房門開了。

達克斯跑出去抓住諾娃的手，跟著薇吉妮亞跑向右邊。薇吉妮亞跪在地板上找尋維修地道的入口。

「找到了。」她低聲說，掀起地板磁磚。達克斯抓著磁磚，示意薇吉妮亞和諾娃先爬下去。

薇吉妮亞的兩腳踏到梯子上時，他們全都聽到一聲令人毛骨悚然的咆哮。

「是蘭卡博士！」諾娃瞪大眼睛，「快跑！」

薇吉妮亞飛快爬下梯子，諾娃全速跟在她後面。

達克斯聽見毛陵大喊，不一會兒一聲可怕的嘎吱聲，緊接著是痛苦的尖叫。

達克斯愣住了，被轉角傳來的聲音嚇得無法動彈。

皮克林高聲尖叫，「你這個怪物！」

「啊啊啊——！」毛陵大叫，「我的手！」

「把他的手吐出來！」亨弗利吼道。

「趕快下來！」諾娃往上大喊。達克斯跳到梯子上往下爬，他聽見響亮的撞擊聲以及拳頭飛舞的聲音，當他把頭頂上的地板磁磚拉下來時，聽見亨弗利大喊。

「快跑！皮克林，快跑，跑啊！」

「他會知道我們在哪裡，還有我們往哪裡去。」諾娃邊喘息邊說，他們順著地道奔跑，遠離蘭卡博士。「他擁有甲蟲的感官，我們得祈禱他決定不來追我們。」

他們經過通往第一棟圓頂建築的轉彎處後，放慢速度變成平緩的慢跑，喘一口氣。

諾娃把頭歪向一邊，「我想他沒有跟著我們。」她側耳傾聽說。

「柏托特和麥西伯伯是怎麼進來百歐姆的？」達克斯問薇吉妮亞。

「是我們放他們進來的。」

「我們？」

「你記得我們到森林邊緣後，就在暗門打開、我叫你跑的時候，聽見了噴嚏聲嗎？那就是他們，他們一直跟著我們。我本來擔心那頭貘可能會讓他們跟我們分開。」

「可是，可是……怎麼辦到的？」

「愛瑪了解這些地道，她有張地圖。」薇吉妮亞微笑，「我叫你爬下梯子，然後盡可能快速的擋住你的視線，所以你沒看到他們跟在我們後面跑進百歐姆。他們從另一把梯子下去，進入直接通到保全棟的地道裡。然後他們就在那裡等待，等我們被抓。」

「你大可以告訴我啊。」達克斯感到一絲怒火，但他很清楚是因為感覺自尊受了傷。

「達克斯，你根本誰的話都不聽。」薇吉妮亞指出事實。「我們是個團隊，你卻打算單獨行動。我們不知道該怎麼辦，所以才決定一路支持你，直到你需要我們，現在你需要了，因為盧克莉霞．卡特抓到了你。」她咧嘴笑笑。「你不會氣我們猜到會發生這種事吧。總之我們讓你單獨行動，再把危機轉變成我們的優勢，然後救了你。」

達克斯滿臉通紅，「我想應該不會吧。」他承認。

「我們以團隊的形式開始，也要以團隊的形式結束。」薇吉妮亞伸出一隻手，「甲蟲小隊。」

「甲蟲小隊。」諾娃把手搭在薇吉妮亞的手上。

達克斯也伸手放在諾娃的手上。巴克斯特拍動翅膀從達克斯的肩膀飛下來，笨拙的降落在他的手背上，把犄角高高舉起，同時赫本爬出手鐲，馬文跳下薇吉妮亞的髮辮，順著她臂膀滾下，落到巴克斯特旁邊。

「甲蟲小隊。」達克斯說。

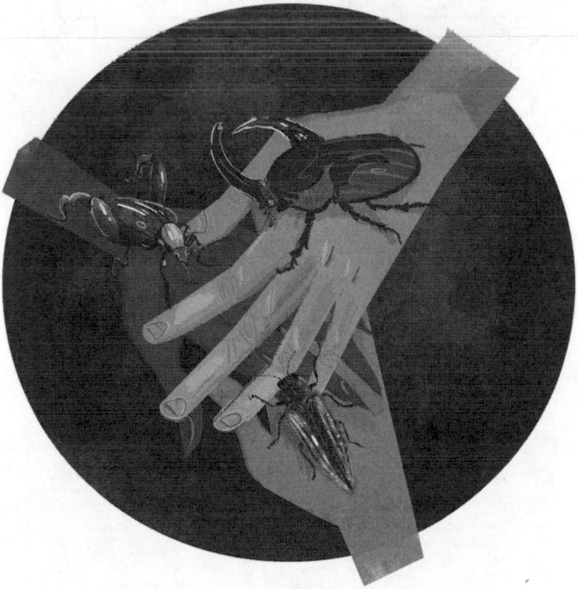

29 逃離甲蟲的大口

麥西伯伯在下一個交叉口等待。他張開雙臂，達克斯直奔進他懷裡。「對不起！我非常抱歉。」他對著伯伯的襯衫含糊的說。

「現在不是道歉的時候。」麥西伯伯抬起達克斯的下巴，好直視他的眼睛。「該是大膽救援的時候了。」他動了動眉毛。「據我們所知，盧克莉霞·卡特並不知道我們在這裡，所以我們必須趕快行動。來吧，往這邊走，柏托特在等著呢！」

達克斯跟著薇吉妮亞和諾娃爬上梯子，麥西伯伯跟在他後面。他拚命眨眼適應光線。快速掃視一遍房間後，他明白自己是在安全控制中心。有一整面牆的監視器，每臺監視器顯示百歐姆的不同區域。

「喔，柏托特，謝謝你！」諾娃衝過達克斯旁邊，一把抓住柏托特，親吻他兩邊的臉頰。牛頓在他們頭上迅速飛來飛去，興高采烈的閃著光。「謝謝你救了我們。」

「歡迎歸隊，士兵們。」愛瑪·蘭姆向達克斯行軍禮，而莫蒂的金邊眼鏡底下則是對幾個孩子堆滿了笑容。

柏托特一瘸一拐的走向達克斯，軟弱無力的揍他手臂一拳，然後擁抱他。

「這是在幹什麼？」達克斯大笑。

「我很氣你跑走，想要獨自做這件事，薇吉妮亞本來想揍到你手麻掉」——薇吉妮亞點頭——「所以我想應該由我來做才對，可是我又不想傷到你，所以只好抱你一下。」

牛頓飛過來，停在達克斯肩上巴克斯特旁邊，兩隻甲蟲向對方擺動觸鬚，無聲的交談。

「對不起，柏托特，我不應該跑走。我們是個團隊，我保證我絕對不會再忘記了。」柏托特點一點頭。「你好了不起，拖著受傷的腿在森林裡走了一整夜。」

「謝啦。」柏托特自豪的紅了臉。

「你怎麼知道透過那玩意可以跟我們說話呢？」達克斯問。

「我頭一次查看的時候就發現了。」柏托特笑著說。「我注意到有一小圈網眼，那個通常是包覆在麥克風上的零件，另外在兩邊各有兩個小正方形，那是喇叭。我們進來這裡的時候，我設定了專用的頻道，這樣一來我就可以跟你們用這裝置通話，不會被別人聽到。」

「你真是天才。」達克斯搖搖頭，「想出拿我當誘餌主意的是不是你？」

「啊，不是，那恐怕是我想出來的，」麥西伯坦承，「我想我們應該把你固執的態度變成對我們有利。」

「這主意是很不錯，」達克斯遺憾的說，「可是盧克莉霞．卡特從我手中奪走基地營甲蟲，還弄傷了巴克斯特。」

「牠沒事吧？」麥西伯伯俯身端詳兜蟲。

「她咬掉了牠的一條腿，」達克斯回答，「而且讓牠摔到地上，目前很虛弱，不過好像逐漸恢復中。」

巴克斯特朝麥西伯伯揮一揮前腿，叫他安心。

「那些螢火蟲呢？」柏托特問。

「她也把牠們帶走了。」達克斯說。

「哦，不會吧！」柏托特倒吸一口氣，牛頓焦急的不停閃爍。

「我們會把牠們找回來，」薇吉妮亞說，「別擔心。」

達克斯走向監視器，掃視螢幕。「你有看到我爸爸嗎？或是史賓賽？」他問。

「沒有，」柏托特搖頭，「大家都在睡覺。」

「你能看到電梯旁的那間房間裡面嗎？地下室的那間。」達克斯問，他的視線飛快掃過一個又一個螢幕。

「那個昏暗的房間？」柏托特問。

「對。」達克斯指向上面的螢幕。「你能放大那裡面的容器的畫面嗎？」

柏托特皺了皺眉。「我試試看。」

攝影機辨認出容器深色的輪廓，不過看不出內容物的細微特徵。

「在那個房間裡，」達克斯轉過身來對大家說話，「有四個容器。每個裡面各有一個巨大的蛹。」他深呼吸一口氣。「每個蛹裡面都裝著一個盧克莉霞・卡特的複製人。」

「她複製了她自己？」愛瑪・蘭姆倒抽口氣。

達克斯點頭，「無論如何，我們都必須摧毀那些蛹。」

「你們看，牢房在那裡。」薇吉妮亞指著六間空房，所有的門都敞開著。

「你看到毛陵發生了什麼事嗎？」達克斯看向柏托特。

柏托特扮了個怪臉。

「他……死了嗎？」諾娃問。

「沒有，不過，嗯，啊……」柏托特結結巴巴的說。

「不管怎麼說，聽了都會不舒服。」麥西伯伯清清喉嚨。「毛陵想要揍那個巨無霸甲蟲男的臉。」

「他揍了蘭卡博士？」諾娃說。

「那東西是亨里克・蘭卡？」愛瑪・蘭姆吹了聲口哨。

「然後呢？」諾娃催促。

「亨里克・蘭卡用嘴巴咬住毛陵的拳頭，把他的手咬成碎片。」他搖了搖頭。「我從沒見過那樣的事情，太殘暴了。」

「他逃走了嗎？」諾娃緊握著雙手。

「亨弗利跟皮克林想從打鬥的兩人旁邊跑過去，」柏托特說。「蘭卡博士把亨弗利往後推，惹火了他。他大聲吼叫，像隻憤怒的公牛衝向蟲男的肚子，把他推回牢房裡。」

「亨弗利把蘭卡博士撞倒在地，」麥西伯伯說，「蘭卡死命掙扎著重新站起來。」

「那三個人全都趁機逃跑了。」柏托特說完。

「他們現在在哪裡？」達克斯轉回去看螢幕。

柏托特指出位置。

「那裡是醫務室，」諾娃說，「我昨天到過那裡。」

達克斯可以看見毛陵躺在床上，試著用繃帶包紮自己的手臂。血流得到處都是。皮克林正照著鏡子，將藥膏大量塗在臉部和頸部被昆蟲叮咬的傷口上，亨弗利則在查看一瓶瓶的藥丸，閱讀上面的標籤。

「他們是在幫他嗎？」達克斯問。

柏托特聳一下肩。「亨弗利撂倒蟲男以後，就把毛陵扛上肩背到這裡，不過我想他們需要他幫忙指點方向。」

他們看見亨弗利打開一罐藥丸，全部倒進嘴裡，然後繼續拿起藥罐閱讀標籤。

「要是毛陵在醫務室，柯雷文跟丹奇許在搜查叢林，那麼我們就只剩下玲玲和盧克莉霞·卡特需要擔心了。」達克斯說。

「只剩下！」薇吉妮亞翻了個白眼。「天啊，我希望你已經有計畫了。」

「湊巧的是，」達克斯挺直身體站起來，「我的確有。」

30 蟬寄甲

「傑拉德在那裡！」諾娃小小叫了一聲，傾身靠向那面監視器牆。達克斯看見一間寢室，管家起來了，正忙著穿好衣服。「達克斯，我不能把他留在這裡，」她說，「我們可以帶他一起走嗎？」

達克斯點點頭，「可以啊，但是我不曉得我們要怎麼離開這裡。」

「我想這點包在我身上，」莫蒂說，「外面有架漂亮的直升機，賽考斯基S-92，是業界最棒的直升機，一架要價兩億美金。」

「你會開那玩意兒嗎？」麥西伯伯十分佩服的問。

莫蒂聳一下肩，「跟飛機有多大的差異？」

「你不需要鑰匙嗎？」薇吉妮亞問。

「不需要，汽車要用鑰匙發動，直升機不用。」莫蒂輕聲笑，「假如直升機門有上鎖系統，我敢打賭那些裡面鐵定有一把可以打開它。」她指向牆上一架子的鑰匙。

「莫蒂到外面去奪取我們逃離的交通工具。」麥西伯伯說，莫蒂點點頭。

「我會待在這裡，」柏托特說著走近布滿按鈕及開關的桌面，「我的腿只會拖慢速度，而且我可以傳遞在螢幕上看到的情況，也可以從這裡控制所有的門，來幫忙大家。」

「那些按鈕是幹什麼用的？」達克斯問。

「我想，這是電源。」柏托特揮手指向排成網格狀的開關。「這些是電燈，另外這是氣候控制系統。」

「什麼系統？」

「你看——這邊是各棟圓頂建築，這個計數器顯示出空氣中的含氧百分比。這是整個百歐姆的恆溫器，不過每棟圓頂建築也各有一個恆溫器，另外我想這是給植物澆水的自動灑水系統。」

達克斯的腦子飛快的轉著。「好，我們接下來就這麼做吧。柏托特打開所有甲蟲農場的門，放牠們自由。然後找個方法調低這棟大圓頂建築的溫度，調到最低，盡你可能調得越冷越好。」

柏托特點點頭，「我確信我能辦到。」

「還有氧氣，你必須把含氧量降到正常水準。」

「百分之二十點九五？」

「對。」達克斯點頭。

「為什麼？」薇吉妮亞問。「這樣我們會失去超能力，在打鬥中我們說不定會需要超能力啊。」

「對，可是如果**我們**擁有超能力，那麼其他人也一樣。把含氧量調低到正常水準的話，我們才有機會跟他們交手，因為甲蟲喜歡溫暖、富含氧氣的環境。氧氣較少、溫度較低就會讓盧克莉霞．卡特和蘭卡的速度變慢。」

「說到那個蟲男……」愛瑪．蘭姆指著，「你們瞧。」

在其中一臺監視器上，他們能看到蘭卡博士在一間滿是巨型翠綠虎甲蟲的房間裡。他抓住一隻體型超大的甲蟲頭部，用帶子將嘴套綁在牠的口器上。他們全都看得目瞪口呆，接著他從牆上一排類似的裝置中拿起一頂附著袋子、外形怪異的透明泡泡頭盔，固定在甲蟲的頭上。

「那是什麼？」達克斯說。

「我認為……」麥西伯伯停頓一下，「那是氧氣面罩。我唯一見過跟這有點相似的東西是第一次世界大戰時戰馬的防毒面具。」

蘭卡博士跳上甲蟲的背部，然後揮動右手拿的鞭子驅策甲蟲，從眾人的視線中消失。

「他把巨無霸甲蟲當成馬在騎。」薇吉妮亞說。

「他跑到那裡去了。」柏托特指著另一臺監視器。「虎甲蟲速度很快，在走廊上疾馳，敏捷的飛奔上樓。

「暗門打開了。」愛瑪．蘭姆指出。

蘭卡博士騎在戴著氧氣面罩的巨無霸虎甲蟲背上逃離百歐姆，他們全都看得出神。

「我真是大開眼界了。」麥西伯伯搖了搖頭。「好吧，起碼我們不必擔心他吃掉我們。」

「他究竟出了什麼事……」愛瑪找尋合適的詞彙，「我的意思是，他怎麼會變成那樣？你們知道的，變成半隻甲蟲。」

「他讓自己化成蛹，希望能討好瑪泰。」諾娃說明。「他把食腐甲蟲的DNA導入自己體內，經歷了變態過程。」

「食腐甲蟲？」達克斯倒吸一口氣。

諾娃點頭，「所以他才吃肉。」

「等一下。」達克斯注視諾娃，「你曉得盧克莉霞．卡特擁有哪一種甲蟲的DNA嗎？」

她點一下頭，「泰坦大天牛。」

「我就知道。」達克斯很高興自己猜對了。

「那你呢？」薇吉妮亞問，「你知道自己擁有哪一種甲蟲的DNA嗎？」

「你是半隻甲蟲？」愛瑪．蘭姆的眼睛睜得老大。「抱歉，我不知道。你看起來很正常。」

「蟬寄甲，」諾娃回答，「羽角甲蟲。」

「可是你沒有角啊。」薇吉妮亞說。

「其實，」諾娃把頭往前傾，讓下巴碰到胸部，銀髮散落在臉上，「我有。」她豎起觸鬚，抬起頭來，然後將人類眼睛往後翻，睜開複眼。

「哇！」達克斯目不轉睛的看著諾娃鞭狀的觸鬚，有如最精緻的蕾絲頭髮般纖細、銀光閃閃，呈扇形展開，微微抽動著感受空氣。

「你好美喔！」柏托特低聲說著走上前握住諾娃的雙手。

「那真是酷斃了！」薇吉妮亞不敢相信的搖搖頭。「你能做些動作嗎？你看得到東西嗎？我的意思是，那是什麼感覺？那樣子翻眼睛會痛嗎？我的意思是，那到底怎麼用？你能飛嗎？你有翅鞘嗎？」她伸長脖子想要查看諾娃的背。

「薇吉妮亞！」柏托特嚴厲的怒吼制止了她。「不要那麼無禮。」

「對不起。」薇吉妮亞看起來一臉羞愧，頻頻點頭道歉。「不過你棒極了，諾娃。」

「謝謝。」諾娃害羞的笑笑轉向達克斯。「我照你說的做了。我一直在試著增強我的甲蟲感官能力，不過仍然非常生疏，因為我長久以來都把這能力掩蓋起來。」

達克斯侷促不安的走向前，「你根本不該隱藏自己的本質，你很棒。」

諾娃的笑容擴大，眉開眼笑。「哦，謝謝你。」

「呃哼，」麥西伯伯客氣的咳了一聲，「諾娃，你很可愛，不過時間寶貴。莫蒂要去找直升機，柏托特會留在這裡操控螢幕。達克斯，你要我們做什麼？」

「我想跟柏托特一起留在這裡。」愛瑪說。「從這裡我可以看到所有發生的事，等到要詳細寫出這個瘋狂的故事時會很有幫助。而且，如果莫蒂準備發動直升機，等我們準備走的時候我可以協助柏托特到外面去。」

達克斯點頭。「好。麥西伯伯，你跟我和薇吉妮亞一起來。」

「我也跟你們一起去。無論瑪泰在哪裡，你父親一定在那兒，」諾娃說，她的銀色觸鬚轉向達克斯，「我不能讓你單獨和瑪泰交手，不過我必須先找到傑拉德。」

達克斯點一下頭，「好吧，柏托特，你在螢幕上密切注意我爸的行蹤。告訴我他的位置，我們會直接去找他。」

「明白。」柏托特點頭。

「好吧，那祝大家好運了。」達克斯深深呼一口氣。

31 甲蟲奔逃

他們沿著孵化槽旁的走廊奔跑時，達克斯口袋裡的玩意嗡嗡響了起來。他拿出那玩意。

「你們那層樓有個男人走出電梯，」柏托特說，「他朝你們那邊來了——你們得躲起來。」

達克斯、薇吉妮亞，和麥西伯伯飛快穿過門，躲進長戟大兜蟲的幼蟲室。

「等等，」諾娃停留在走廊上抽動著觸鬚，「我想那是史賓賽。」

達克斯低頭看向巨大的幼蟲，他用嘴巴發出尖銳的高音模仿摩擦發音，吸引牠們注意。那群幼蟲動了，胖乎乎的白色身體如波浪般起伏，頭朝他的方向劇烈晃動。「巴克斯特，你必須跟牠們說明，牠們出生的這個世界沒有牠們能夠呼吸的空氣。還要告訴牠們，牠們被當成奴隸，現在我們會打開所有的門，牠們可以選擇待在這裡，或是得到自由，還有，叫牠們把消息散布出去。」他蹲下去讓巴克斯特靠近那些擺動頭部、最接近的好奇幼蟲。

「達克斯，是史賓賽！」薇吉妮亞喊道。

達克斯等巴克斯特跟幼蟲說完話後，走到走廊上，發現一個困惑的年輕人正盯著諾娃。他看起來就跟艾莉絲．克里普斯壁爐架上擺滿的照片一樣。

「她又把你放進蛹室了？」史賓賽仰頭看著諾娃的觸鬚問。

「不是，」諾娃回答，「這是我原本的模樣。」

達克斯發現那隻糞金龜史卡德從史賓賽的實驗袍口袋探出頭來。「史賓賽，你好。我叫達克斯。」他微微一笑伸出手。

「卡托博士的兒子？」史賓賽在方框眼鏡後面的眼睛猛眨，他跟達克斯握一握手。

「你們是怎麼進來這裡的？」

「說來話長，不過我們到這裡是為了履行對你媽媽的承諾，帶你回家。」達克斯說，「她很想念你。」

「她曉得我在哪裡？」史賓賽嚥了下口水，達克斯看見他的眼眶盈滿淚水。達克斯點點頭，「她曉得盧克莉霞．卡特把你帶走了。」

「我叫薇吉妮亞。」薇吉妮亞抓住史賓賽的手握一握。

「麥西米廉．卡托。」麥西伯伯從薇吉妮亞手中接過史賓賽的手，「我是巴弟的哥哥。」

史賓賽越過他們看向走廊盡頭，「你們只有四個人？」

「我們一共有七個人，」達克斯回答，「再加上你跟我爸爸，和傑拉德，就有十個人，另外還有甲蟲，不過我們不需要很多人，」他笑著說，「因為我們不是來這裡打仗的。」

「你們可能沒得選擇。」史賓賽將方框眼鏡往鼻梁上推，接著倒抽一口氣，因為一隻海象大小的幼蟲用六條粗短、黃褐色的腿拖著白肚子前進，爬到走廊上。另一隻迅捷的跟在後面。「這是……？」

「我們正在釋放所有的甲蟲。」達克斯咧嘴一笑。

史賓賽的眼睛瞪大。「你們在幹麼？」

「我們在釋放牠們。」薇吉妮亞重複一遍。「達克斯，我要爬上梯子去找巨無霸甲蟲的成蟲。」

「等一下，」史賓賽說著卸下一個背包，「這是你們的嗎？有人派我送這到解剖實驗室，裡面裝滿了甲蟲。」

達克斯大聲歡呼，從史賓賽手中接過包包、拉開拉鍊。二十七隻螢火蟲猛然從背包頂端衝出來，嘶嘶作響的閃爍不停。「沒事了，我的朋友，是我。」他用平靜的語氣呼喚牠們，「沿著這條走廊往下，再上一層梯子就可以找到柏托特，我相信等你們到那裡的時候，他會打開暗門。」牠們飛走了，去找牠們最喜歡的人類。

達克斯拉開背包，薇吉妮亞把兩手伸進去，拿出來時手上蓋滿了微微發亮、紫綠相間的吉丁蟲。甲蟲快步爬上她的臂膀，停在她的雙肩上。

「我們真的要逃走了！」史賓賽的眼睛亮了起來。

「那正是我們的計畫。」薇吉妮亞朝他露齒一笑，踏上梯子。

「我可以幫你們。」史賓賽跳上前，史卡德興奮的擺動前腿。「我每天餵那些成蟲，牠們認識我，而且我知道其他的甲蟲，也就是盧克莉霞．卡特的達爾文甲蟲和鍬形蟲在哪裡。」

「等我們找到我爸爸跟傑拉德後，就到直升機旁邊跟你們會合。」達克斯說。

「太棒了。」薇吉妮亞從梯子底部跳下來，比手勢示意史賓賽先走。「帶路吧。」

他越過她往上爬，「我很榮幸。」

「我的天哪！」麥西伯伯驚呼一聲，把身體緊貼在牆壁上，因為一大批遷移的幼蟲蠕動著奔向自由。「這些東西爬得可真快！」

他們小心翼翼的走在狂奔的巨大幼蟲之間，來到生化機器甲蟲室。達克斯跑進去，後面跟著麥西伯伯與諾娃，他們打開每一個塑膠玻璃飼育箱，邊打開邊發出輕柔的喀噠聲。然後一隻接一隻，剝除甲蟲胸部上的晶片，同時巴克斯特向猴甲蟲及巨無霸非洲花金龜說明牠們可以自由離開了。

「你們全部完成了嗎？」諾娃問。

「對，不過諾娃……」達克斯回答，「我知道你很擔心傑拉德。你去看看能不能找到他吧？告訴他發生了什麼事。」

「好，」諾娃微笑。「他通常會在廚房裡準備早餐。我找到他之後馬上就來找你。」她一邊大聲說一邊順著走廊匆匆離開。

自從在隔壁房間看到四個複製人的蛹之後，達克斯一直想把那些蛹從腦海中抹去。他知道必須銷毀那些蛹，不過他不想讓諾娃看見。

「你準備好了嗎？」他問麥西伯伯。

「再好不過了。」麥西伯伯點頭。

達克斯進入昏暗的房間，對著那裝置說。「柏托特，你在聽嗎？」

「我在，」回答立刻傳來，「百歐姆所有的門都打開了，我可以從監視器上看到甲蟲都在行動了。」

「狂奔的放屁步行蟲！」麥西伯伯窺探其中一個容器裡面發出驚呼。

「聽著。我進了盧克莉霞．卡特複製人的這間房間裡，你能看看這扇門有沒有鎖嗎？最好是永遠無法再打開的那種。」

「有，我找到了，」柏托特回答，「要上鎖的時候跟我說一聲。」

達克斯走到發光的恆溫器前，轉動旋紐將溫度調到冰點。麥西伯伯從最遠容器旁邊牆上的消防安全設備中取下斧頭。達克斯提醒自己：艾波亞教授告訴過他們，讓昆蟲凍死是人道的殺戮方式。

「達克斯，站到後面去，」麥西伯伯說，「玻璃會飛濺。」

「我已經調完恆溫器了。」達克斯退向門口說。

「那就開始吧。」麥西伯伯將斧頭高舉過頭，然後以猛烈的衝擊力道砍下來，砸破第一個容器。容器裡的空氣滲出來，發出嘶嘶聲響。他迅速大步走到下一個容器，揮動斧頭呈弧形劈下，破壞第二個容器，接著又到第三個。「還剩一個！」他出聲大喊一面大步走向第四個，使勁舉起斧頭再讓斧頭落下，劈啪一聲粉碎了盧克莉霞最後一個蛹的家。

斧頭的衝力似乎將玻璃變成百萬顆水滴，從巨蛹四周如瀑布般傾洩下來。巨蛹蠕動、扭擺臀部，從容器底部滾到麥西伯伯腳邊的地板上。他嚇得往後跳，因為一隻盧克莉霞．卡特甲蟲的嘴臉緊貼在堅硬的白色蛹皮上。牠張大口器撕裂蛹皮，並且劇烈扭動、狠狠的撕咬空氣，開始破蛹而出，帶爪的前腿猛然從蛹伸出來。

麥西伯伯朝門口飛奔。達克斯已經到外面了。甲蟲的手臂抓住麥西伯伯的腳踝，鋒利的爪子刺穿他的皮膚。

「啊——」麥西伯伯痛得大叫，拖著身子走向門，那個甲蟲緊抓住他的腳踝不放。

「柏托特，你在嗎？」達克斯大喊。

「我在。」

麥西伯伯死命向前猛衝過門。

「現在！」達克斯大喊。**「馬上鎖起來！」**

門掉落下來，喀嚓一聲。

麥西伯伯低下頭看。一隻甲殼質爪子握住他血淋淋的腳踝，但是不再與甲蟲腿相連。「好險啊！」他說著彎下身子，用力扳開腳上鋒利的螯。

「你沒事吧？」達克斯問。

「哦，沒事。」麥西伯伯拍拍手上的灰塵咧嘴一笑。「小伙子，我跟鱷魚摔角過呢。這不算什麼！」

柏托特引導他們搭乘電梯向上到實驗室外面的走廊，達克斯的爸爸正在那裡跟盧克莉霞·卡特談話。

達克斯從轉角處窺探一眼再縮回來。玲玲在門口站崗。「我們要怎麼闖過她那一關？」他低聲說，「玲玲非常危險。」

「我們必須引她離開門口。」麥西伯伯皺起眉頭。

「我可以派巴克斯特去轉移她的注意力，」他看向肩膀，「但是我不確定牠夠不夠強壯，而且我想她不會輕易上當。」

「我可以引誘她來追我。」麥西伯伯提議。

「可是你的腳踝受傷了，萬一她抓到你怎麼辦？」

「我會跑快一點，從那邊的樓梯下去。」麥西伯伯指著樓梯。「我會把她帶進叢林，在樹林當中甩掉她，然後再回到這裡跟你會合，我們一起去對付盧克莉霞・卡特。」

「好。」達克斯點頭。

「就這麼辦。」麥西伯伯躡手躡腳的走到牆壁邊緣與走廊相交的地方。

「我準備好了。」達克斯小聲說，往後退到角落躲藏。

「不管發生任何情況，沒有我，你千萬不能進去那個房間。你聽到了嗎？」麥西伯伯壓低聲音說，然後走到走廊上，用口哨大聲吹著曲調。他看向玲玲說了聲，「唉唷喂呀！」然後全速奔過走廊，跑下樓梯。幾秒鐘後，玲玲猛然衝進視線，無聲的追在他後面，雙手舉起宛如刀子。

達克斯悄悄回到交叉口，從轉角處窺視。玲玲原先站的地方有把魚叉槍靠在牆上。**為什麼玲玲需要槍？**他納悶了一下，接著蘭卡博士咬掉毛陵的手的畫面躍入腦海，於是他明白為什麼了——盧克莉霞・卡特鐵定知道她的牢房全空了。

「麥西伯伯說不能進去實驗室，」達克斯悄聲對巴克斯特說，「但是他沒說不可以偷偷溜到門口、抓一把非常有用的武器。」

他拖著腳走向前，想知道是否能夠從門口瞧見他爸爸。他極為渴望看看爸爸一眼，只是想確定他無恙。他伸手摸到武器，一手放在槍柄上，另一手抓住魚叉槍的握把後舉起來。那把槍沉重得令人安心。他把槍扛到肩上，順著瞄準線看過去，頓時渾身感到一陣力量的戰慄，身體挺得稍微高一點。他以前從沒拿過武器。

他可以聽到盧克莉霞．卡特的聲音。她是在跟爸爸說話嗎？他往前傾身，伸長脖子去聽。

「巴索勒繆，你覺得怎樣？我該不該放出在中國的米象？他們有很多儲藏的穀物。如果我消滅了那些穀物，這場遊戲肯定會提升到下個階段，你不覺得嗎？要是我們把中國捲進來，政治形勢就會變得非常有意思。你知道他們的稻米收成是地球上最有價值的嗎？我或許會告訴他們美國總統大力支持這個主意。」她大笑起來。「這是不是很好玩？女王下山來點名，下一個會點到誰？」

32 人類世[5]

「不！」達克斯大叫。他站在實驗室門口，氣得渾身發抖。他舉起槍，將魚叉瞄準盧克莉霞．卡特。「我絕不容許你那麼做。」

「哈！你瞧，巴索勒繆，是你兒子呢，大英雄喔。」盧克莉霞．卡特舉起人類的雙手，假裝害怕的說：「喔，不要，不要，求求你不要開槍打我。」

「達克斯，你到這裡做什麼？」他爸爸一臉震驚。「露西，你曉得他在這裡嗎？」

「你這個邪惡、貪權的怪物！」達克斯說，忽然意識到魚叉槍的沉重，以及爸爸臉上驚慌的表情。

「達克斯，把槍放下。」他爸爸說，朝他邁了一步。

「不要！」達克斯大吼，怒氣突然打消了他原本不想戰鬥的念頭。「你說你會試著阻止她，但是你什麼也沒做！她派甲蟲到世界各地摧毀收成、發動戰爭的時候，你就站

5 指的是從工業革命至今，人類活動對地質記錄造成影響的時期。

在她旁邊。好幾百萬人將會挨餓，小孩會死亡，你都不在乎嗎？」

「達克斯，兒子，你聽我說。事情沒有那麼簡單。」

「不，事情就這麼簡單。她想要全世界向她臣服。」達克斯伸直手臂，把槍對準盧克莉霞．卡特的心臟，手指扣在扳機上。「她在培養巨無霸甲蟲大軍，還複製了她自己。」

「複製？」巴弟看向盧克莉霞．卡特，她聳了聳肩，裝傻。

「她不假思索、毫無感覺的殺生。她綁架了你，燒毀甲蟲山，迫使數百萬人餓死。她是個兇手。」

「回答我這個問題，達克斯，」盧克莉霞．卡特生氣的低聲叫他的名字，「你認為人類殺了多少生物？」

「我才不管呢，」達克斯大聲說，「那不會改變你是什麼樣的人。」

「動物的生命難道就不是生命？殺死一頭大象跟殺一個人難道不是一樣壞？我們來談談絕種吧。就算殺死一隻動物並不像殺一個人那麼壞吧，但是消滅存在過的每一種大象呢？跟殺死一個人類一樣壞嗎？達克斯，你怎麼衡量生與死？」

「露西，他只是個孩子。」

「巴索勒繆，你低估了自己的兒子。」她厲聲說。「這小子跟好幾千隻甲蟲交朋友，為了救你出去，闖入我的家，還為你挨了子彈。他跟蹤我到美國，毀了我在電影獎頒獎典禮上的直播。現在，他不知道用什麼方法到達厄瓜多，進入亞馬遜的雲霧林，在世界各國政府都束手無策的時候，找到了我的百歐姆。」她目不轉睛的盯著達克斯，動了動觸鬚。「現在他還拿魚叉槍對著我，看起來一副想殺死我的樣子。」她哼了一聲，「我可不會說他『只是』個孩子。」

盧克莉霞・卡特朝他跨了一步，達克斯拖著腳往後退，試圖靠近他父親，目光始終緊盯著她。

「達克斯，我摧毀作物不是因為想要統治，而是出於必要。人類一直在增長。地球已經無法應付。」她搖了搖頭。「人類像瘟疫一樣蔓延，我們砍倒雨林，把塑膠沖進海洋，排放二氧化碳到大氣層中，導致地球暖化。」她張開雙臂彷彿要擁抱他似的。「冰冠在融化，棲息地遭到破壞。我們生活在一個新的紀元，也就是人類世中。人類改變了氣候，大滅絕的時代即將到來。」她彎下腰，好讓臉跟他一樣高。「達克斯，生長在對地球來說最糟糕的就是你自己這物種的時代，你有什麼感受？你說我貪求金錢權力，可是你錯了。你看看我。」她用人類雙手捧著自己的臉，慢慢走向前。「我是隻甲蟲。我要錢有什麼用？我不能忍受的是我們對這顆星球所做的一切，我的心和腦子每天為此飽受折磨。我為自己是人類感到羞愧，所以……」她自豪的舉起雙臂，「現在我成為一隻甲蟲。」她再走近一些。「既然我有能力採取行動，我就不能袖手旁觀，我要藉由切斷糧食供應來阻止人類族群擴增。飢餓會讓人類為了爭奪食物交戰、互相殘殺。你喜歡的話，也可以說是選擇性淘汰。人類辯解說選擇性捕殺鹿或獾是為了更大的利益——嗯，那麼，我是在選擇性淘汰人類。等我統治世界以後，人類必須請求批准才能生小孩。我要重新野化地球，人類將生活在城市的棲息地，用環保燃料來提供動力，唯一可找到的工作是當地球的園丁。」

達克斯直視盧克莉霞・卡特深不可測的烏黑眼睛，兩條手臂因為魚叉槍的重量而火辣辣的疼痛感。

「達克斯，這聽起來不是很棒嗎？」她點著頭再靠得更近一點。「嗯？你難道不想當地球的園丁嗎？由甲蟲掌管世界不是比較好嗎？」

達克斯感覺到巴克斯特的犄角頂著他的脖子，柔軟的翅膀輕輕擦過他的皮膚，告訴他自己很害怕準備飛走，他也聽見了低聲警告的嘶嘶聲。

「不！」達克斯大聲喊著往後跳。「你才不是甲蟲，你是那種最糟糕的人類，自以為懂得比其他活著的人多。你靠著讓人覺得自己不漂亮或穿錯衣服，堆積出大量的金錢和權力，現在更利用這些錢和權力來迫使全世界贊同你的意見。你認為甲蟲會這麼做嗎？**並不會！**」他用力跺腳。「甲蟲是勤奮、高尚、無私的生物。」他看著巴克斯特，「牠們是真正的英雄，而你，你卻……」他掙扎著找尋詞彙，「曲解他們，你把甲蟲變成軍隊，造成災害，是你讓牠們變成大家眼中的怪物。」他氣憤得渾身顫抖。

「夠了！」盧克莉霞・卡特轉身背對達克斯。

「不行，你一定要聽我說。」達克斯態度堅決，「你知道真正的戰爭是什麼嗎？是教導大家甲蟲多麼重要、多麼美麗——所有的昆蟲都是。如果人到戶外對花園裡的昆蟲道早安，了解牠們如何幫助萬物生長，大家就不會害怕牠們，或用殺蟲劑殺害牠們。可是你，」他拿魚叉槍戳一下盧克莉霞．卡特的背，「你卻給了人害怕牠們、想殺牠們的理由。」他搖了搖頭，「真正的甲蟲戰爭不是征服世界，而是獲得人的欣賞與理解。把你自己變成甲蟲，殺死一大堆人類，並不會打贏那場仗或是改變任何事情。人類一定會奮起反擊，你會帶來戰爭與毀滅。人類本能是先採取暴力再思考，這正是**你**做的事。就算你有六條腿、兩片翅鞘和複眼也沒什麼意義，你的行為還是像人類。**你永遠都是個人類！**」

巴索勒繆．卡托自豪的凝視著達克斯。「他說得沒錯！」

「不，他錯了！」盧克莉霞．卡特猛的轉過身來。

「兒子！」他爸爸大聲呼喊，因為盧克莉霞打掉達克斯手中的魚叉槍，用中足抓住他，將他舉離地面。

「爸！」達克斯大喊，他感覺盧克莉霞．卡特腿上的尖刺劃破他的肚子。她舉起一隻利爪抵住他的喉嚨。

巴克斯特用後腿站立起來，飛離達克斯的肩膀，撲向盧克莉霞的眼睛。他奮力一擊，不過力道微弱得她幾乎沒注意到。她一掌把他打飛，好像在拍打一隻惱人的蒼蠅。

「巴克斯特！」

「露西，把他放下。」

「現在我們可以看看你是不是真的決心執行法布林計畫。」她憤怒的說。

「露西，達克斯跟這件事完全無關。只要你放他走，我，我會……」達克斯能看出父親眼中的恐懼。

「你會怎樣？」盧克莉霞俯視巴索勒繆。「你準備做什麼來交換你兒子的性命？嗯？」

「露西，別這樣。」

「進我的蛹室怎麼樣？」

「不行！爸爸！」達克斯感覺胸口好像快要炸開。這正是他父親害怕的情況——要是她抓了你，兒子，她就可以逼我做任何事。

「露西，我……」巴索勒繆的雙肩無力的垂下。達克斯明白他屈服了。就是那樣。盧克莉霞．卡特也了解了。她大笑起來，發出一長串充滿惡意的響亮笑聲。達克斯又踢她的腹部，不在乎她的尖刺劃破了他的皮膚。

「我全都準備好了，」她說，毫不理會達克斯的掙扎，「我想你會想跟大角金龜的基因結合，畢竟那是這整個美妙計畫的開端。」

巴弟的頭猛然抬起，一臉震驚。「普羅米修斯在你手上？」

「那當然。不然你以為我從哪裡拿到你的DNA？」盧克莉霞露出微笑。「是愛絲梅給我的。」

「愛絲梅？」他父親的聲音哽咽。

「對，巴索勒繆。你跟那個艾波亞老糊塗決定放棄法布林計畫、停止一切研究的時候，我們之中有些人拒絕讓多年來的研究成果像垃圾一樣被丟棄。愛絲梅跟我一樣，相信我們需要採取行動來改變人類所走的路——那條自我毀滅的道路。她很高興的把我需要的普羅米修斯和你的研究副本交給我。」

「我媽媽幫了你？」達克斯不敢相信耳中聽到的話。

巴索勒繆搖了搖頭。「不，她不會那麼做。」

「你母親是位生態鬥士，」盧克莉霞．卡特告訴達克斯，「比你父親激進。她想要繼續法布林計畫的研究，可是卻不行，艾波亞教授和卡托判定這項研究正帶領我們走上危險的路，就這樣，所有的資助都中止了。所以我自己擔起繼續的工作，創立時尚事業來資助這項研究，愛絲梅則盡她所能協助我。」

「你說謊。」巴弟低聲咆哮。

「我有嗎？」盧克莉霞大笑。「那這個東西你要怎麼解釋？」她打開實驗室工作臺下面的樣本抽屜，拔起刺穿樣本翅鞘及腹部的大頭針，拿出一隻死掉的大角金龜。

巴索勒繆倒吸一口氣。

「你瞧瞧，很快你就會知道變成『牠』是什麼感覺。」她揮動人類的手比向放置蛹室的房間。「去吧，你進去裡面。」

「爸，不要！」達克斯大喊，不顧一切的掙扎，想要擺脫盧克莉霞．卡特如鋼鐵般牢固的掌握。

他父親用哀傷的眼神注視他，嚥了下口水。「兒子，我愛你。」他說完轉身穿過金屬門，走進玻璃後面的房間，踏上進入蛹室的臺階。

「不！」達克斯尖聲大喊，盧克莉霞．卡特砰的按下控制面板上的按鈕，門立刻關閉。達克斯踢她，她緊緊掐住他的脖子，讓他無法呼吸，然後使勁把他重重的扔到角落。他撞到牆壁，彷彿全身的氣都被猛然抽走，然後摔下來，姿勢怪異的以手腕著地，發出喀嚓一聲，劇烈的疼痛讓他大叫出聲，「爸……」

「真可憐，」盧克莉霞．卡特咆哮著說。「享受你人生的最後幾分鐘吧，因為等看完你爸轉變成甲蟲後，我就會命令他殺了你。」她邊笑邊按下一連串的按鈕，把燈打開。一個奇怪的哼唧聲從蛹室傳過來。

「不許碰他或他父親！」一聲吶喊傳來，達克斯抬頭看見諾娃翻筋斗進入實驗室。她的觸鬚豎起，兩眼漆黑，朝她母親 連猛踢了好幾腳。

盧克莉霞．卡特措手不及被踢倒在地。她仰躺在地上，甲蟲腿在空中胡亂擺動，有一瞬間看起來很滑稽，不過她的人類手臂隨即推地板一把，翻過身來，靠六條腿趴在地

上，邁著碎步疾速衝向她女兒。諾娃發出掐著喉嚨般的高亢叫聲，像達克斯在功夫電影中聽過的那種聲音，她騰空跳起踢出前踢，一腳踢中盧克莉霞·卡特的下巴下方，接著猛力踢得盧克莉霞的頭往後仰。

「諾娃，傑拉德在哪裡？」達克斯問。

「跟你伯伯在一起，」她回答，「他受傷了。」

玲玲跑進房間。她瞇著眼注視達克斯，面無表情。

盧克莉霞·卡特咆哮著說，「玲玲！抓住她！」

達克斯擔憂的看向玲玲。諾娃沒有辦法同時對付她和盧克莉霞·卡特，不過那個保鑣依舊毫無表情，也沒有行動。

達克斯在玲玲來得及阻止他之前，把她撲倒在地，然後拖著身體爬向控制臺，用完好的那隻手臂把自己撐起來。他捶打著剛看到盧克莉霞．卡特按下的那些按鈕。蛹室裡面的燈光熄滅，哼唧聲逐漸消失。他癱坐在地上，看見巴克斯特在桌子底下，仰躺在地、翻不了身，五條腿不斷的擺動，他抱起自己的兜蟲。

「我必須把我爸爸救出來，」他對巴克斯特說，「可是我該怎麼做？」

盧克莉霞的翅鞘倏的掀起，翅膀張開。她升到空中，甩掉諾娃極具衝擊力的一擊。諾娃猛然轉身，飛奔向牆壁，爪子緊扣住牆面往上爬了三公尺後，向後弓身一跳，兩隻帶爪的腳往下劈到盧克莉霞．卡特的頭頂，踢得盧克莉霞尖聲大叫。

「我要把你撕成碎片！」盧克莉霞大喊著飛撲向諾娃，諾娃翻了個側翻迅速跳走。盧克莉霞比她女兒高出許多，不過雖然她比較強大，動作卻笨拙多了。

達克斯瞥向玲玲，她只是動也不動的站著旁觀諾娃，大概是在等待諾娃犯錯、放鬆警惕。他必須做點什麼來幫助朋友。他從口袋拿出裝置，「柏托特，我需要你調低這裡面的含氧量。你聽到了嗎？我需要你馬上調低含氧量。」

「我聽到了，達克斯。交給我吧。你還好嗎？」

達克斯無法回答，他的眼睛緊盯著打鬥中的母女。

「達克斯，甲蟲蜂擁著離開百歐姆，而且是一大批。」

「甲蟲？太好了！就是這個！柏托特，這裡有對講機嗎？百歐姆裡面有對講機嗎？」

「有！馬上幫你轉接過去。」柏托特回答。

達克斯試著站起來，但是他的屁股火辣辣的發疼，他看到自己的右手掌軟弱無力的垂在斷掉的手腕下，手臂疼痛得如火燒、劇烈難當，讓他覺得自己可能隨時會昏倒。他唯一能做的只有繼續關注諾娃，她宛如精靈的在她生物學上的母親周圍旋轉飛舞，在觸及得到的地方踢上一腳、劃一道傷。他必須幫她，他向後仰頭，用完好的那隻手將裝置舉到嘴邊，接著吸吮後面牙齒，發出一連串規律的喀噠聲，一遍又一遍的重複。

爸爸被困在蛹室裡面，他不知道怎麼把門打開；麥西伯伯受傷了，傑拉德陪著他；玲玲像尊雕像似的站著，而盧克莉霞．卡特正在削弱諾娃的攻擊力度——他們全都需要協助。

他不停的召喚，最後牠們來了，如一股黑潮，各種無脊椎動物大批湧出，閃閃發光的五顏六色在地板上橫行。數以千萬計的無脊椎動物。達克斯看見芫菁和放屁步行蟲、天牛與瓢蟲、螢火蟲跟金龜子、花金龜及粗腿金花蟲、大角金龜和鍬形蟲、南洋大兜蟲與長戟大兜蟲、兜蟲跟毛大象大兜蟲、泰坦大天牛及象鼻蟲、大蕈蟲和羽角甲蟲、虎甲蟲跟長臂天牛、擬步行蟲及食骸蟲，不過盧克莉霞也看見了，但她卻咧開嘴笑——因為這些是她的甲蟲。

她趴到地板上，抬起後腿摩擦翅鞘，發出像是指甲刮過黑板的可怕聲音。甲蟲全部停下來，接著她指向達克斯。

「不！」達克斯大喊，「聽我說。」他舉起巴克斯特，「她圈養你們，我是來放你們自由的。告訴牠們，巴克斯特。」

巴克斯特發出一連串的嘶嘶聲，觸鬚大大的擺動，與百歐姆的甲蟲溝通。

「不！」盧克莉霞．卡特大吼。「你們是我製造出來的，你們屬於我，你們必須聽命於我。」

達克斯把頭往後一仰，放開嗓門發出高亢尖銳刺耳的叫聲，如浪潮般的甲蟲嘶嘶作響，數不清的腳踢踢踏踏的匆忙向前，漫過盧克莉霞．卡特，以驚人的數量壓倒她。

諾娃停下來喘息，達克斯大聲歡呼，甲蟲不斷的攻擊盧克莉霞．卡特，又咬又抓，將她的翅膀壓下來。諾娃看著他展露笑容。不過這時，盧克莉霞．卡特似乎終於完全失去了耐心。她用後腿站起來，伸出所有的腿旋轉三百六十度，好像狗兒甩水那樣抖落甲蟲，並且趁諾娃放鬆戒備的時候，用人類拳頭擊中諾娃的耳朵，再用另一隻甲蟲爪子劃過她的背，頓時鮮血噴濺出來，諾娃趴倒在地。

「諾娃！」達克斯尖聲大叫。

諾娃的黑眼睛與他的目光相交。「對不起。」她用嘴形說著，她母親怒氣沖沖的衝向前。

「你已經毫無用處了，包包！」盧克莉霞．卡特大發雷霆，四隻手臂高高舉起準備打死她女兒，卻始終沒有落下。一團模糊的身影移動，玲玲突然介入母女之間。她的身體以令人看得出神的步伐舞動，擋住盧克莉霞，阻止她攻擊受傷的女孩。

「不行，我絕不容許你這麼做。」玲玲一面移動，一面用冷靜的語氣說。

「叛徒！」盧克莉霞．卡特尖聲說。

玲玲巧妙迴避，閃開盧克莉霞的拳頭，速度快得讓人看了驚嘆。她阻擋盧克莉霞．卡特，讓她失去平衡，但不曾反擊過一次。「我絕對不會站著旁觀母親殺害女兒，」玲玲在移動之間說，「或者父親傷害兒子。」

「你是為我工作，」盧克莉霞．卡特說，「應該聽命於我。」

「我絕對不殺小孩。」玲玲說。她的四肢轉動得跟風車一樣，盧克莉霞的攻擊也越來越猛烈。

「那你受死吧！」盧克莉霞．卡特大喊。

達克斯拖著身體爬到諾娃旁邊。他的身體沉重疲憊，痛得越來越厲害。他將諾娃抱在懷裡，拉她離開戰場，她的血流不止。

「諾娃，諾娃，你得保持清醒。」達克斯堅持說，他把她拉到對面的牆邊。

「我儘量。」諾娃低聲說。她的眼睛似乎翻回到頭部裡面，眼皮閉著。

「諾娃！諾娃！」達克斯搖一搖她。她張開眼睛，恢復成人類的藍色瞳孔。

「我在。」她說。達克斯用完好的那隻手觸摸她的臉頰，「求求你，諾娃，你必須留在我身邊。」他擔心的看向打鬥中的科學家和司機。盧克莉霞．卡特的速度慢下來，她的體重讓她十分費力，而且那一大群的甲蟲仍然繼續襲擊她，不過玲玲也疲於應付甲殼質盔甲的密集攻擊。她的眉頭深鎖，看起來聚精會神、汗流浹背，缺氧對她們兩人都造成影響。

33 亨弗利的獨奏會

「喂——！盧克莉霞，親愛的。你在哪兒？」

達克斯抬頭看，在他上方夾層那一樓，出現了皮克林和亨弗利。他們站在一架平臺鋼琴旁，眺望著阿卡迪亞棟的森林，呼喚盧克莉霞．卡特。

「在這裡！」達克斯大喊，**「盧克莉霞．卡特在這裡！」**

亨弗利轉身，不過皮克林全速衝過來，差點被他自己的腳給絆倒。他傾身靠在欄杆上，睜大眼睛往下盯著實驗室。「盧克莉霞，我的寶貝，不管你在哪兒，出來吧，出來，我們需要談談。」他高聲說。

「她在那裡，皮克林。」達克斯指著盧克莉霞．卡特盤旋的巨大身影。「那就是你親愛的盧克莉霞．卡特。」

盧克莉霞．卡特抬頭看向皮克林，他尖叫起來，後退離開欄杆，緊抓住亨弗利，亨弗利腳步蹣跚的走到他後面，眨了眨眼，一副昏昏欲睡的樣子。

「矮胖子！矮胖子！」皮克林用響亮刺耳的聲音大聲說，「是巨無霸甲蟲！」

「你在說什麼？」亨弗利推開歇斯底里的表哥，大步走向前，卻在眼見盧克莉霞・卡特的巨大身影後，跌跌撞撞的往後退。盧克莉霞・卡特正掄拳猛打玲玲，持續的戰鬥讓玲玲筋疲力盡、腳步踉蹌。

「救救我們！」達克斯向上對著亨弗利大喊。

「那隻巨無霸甲蟲吃掉了我唯一的真愛！」皮克林哀號。「那小子說她在那裡頭！那個可惡、噁心、骯髒的巨大蟲了吞掉了我未來的老婆，現在我們拿不到錢了！」他發出哽噎、刺耳的聲音，達克斯發現他在哭。「那個噁心、齷齪、惡毒、爬來爬去、令人討厭的畜生。」他用拳頭搥打亨弗利的背。「矮胖子，殺了牠！那隻蟲子吞掉了我們的錢！」他緊揪著亨弗利不放，亨弗利目不轉睛的盯著盧克莉霞・卡特，邊說「我們以後要住哪兒？我們什麼都沒了。」亨弗利轉身大步走開。

表兄弟倆消失在視線之外後，達克斯的心沉了下來。他望向玲玲，她跪了下來，設法保護自己，仍然沒有反擊。

盧克莉霞・卡特也在掙扎。她趴到地上，沉重的外骨骼使她腳步蹣跚往前爬，接著她舉起兩隻手臂，而玲玲已經疲憊不堪且認命，她雙手合掌放在胸前，低下頭等著致命的一擊。

「不！」達克斯大喊。

上方傳來一聲吼叫。達克斯及時向後退，飛身護住諾娃，一架平臺鋼琴從露臺掉落下來。

鋼琴墜落的景象伴隨著刺耳、不和諧的樂音，音槌敲擊琴弦，琴弦發出彈撥、折斷的聲音，此外還有木頭裂開的聲響。

盧克莉霞．卡特迅速往後飛，但沉重的鋼琴砸到她身上將她壓扁、壓碎。一時之間唯一能聽到的是琴弦的迴響。

變成甲蟲的盧克莉霞．卡特身體抽搐了三次，最後靜止不動了。

「哈，哈，啊，啊哈，哈，啊哈哈，哈，哈！」皮克林癲狂的笑聲響起。「矮胖子，你辦到了！你壓扁了那隻蟲子。」他猛的伸出雙臂摟住表弟。「牠死了！啪噠！」

傑拉德跑進實驗室，在達克斯和諾娃身旁跪下。「你們還好嗎？」

達克斯對傑拉德點一點頭。「我的手腕斷了，屁股很痛，可是諾娃的血流不止。」他低頭看她，她的兩眼閉著。

「小姐，一切都結束了。」傑拉德握住諾娃的手，「求求您，為了我，睜開眼睛吧。」

諾娃的眼皮顫動一下睜開眼睛，對傑拉德微微一笑。

「我受傷了。」她低聲說。

「沒事的，我在這裡。」傑拉德脫下外套，讓她翻身趴在達克斯的腿上，檢查她背後的傷口。「只是皮膚劃傷而已，親愛的。」他將外套鋪在她下面，再把她翻回來用外套裹起來。「我會抱著你。」

「我爸爸……」達克斯說，「他被困在蛹室裡。我不知道要怎麼打開門？」

傑拉德指了指方向，「最後面那個銀色開關。」

達克斯費力跪起來，然後藉助傑拉德的攙扶站了起來。他一瘸一拐的走到控制臺，迅速打開開關。蛹室的門滑開，他父親踉踉蹌蹌的走出來。

「達克斯！你還好嗎？」

他父親半跑半跌跌撞撞的走下臺階，穿過金屬門進入實驗室，他因為吸入蛹室的催眠瓦斯而頭昏乏力。

達克斯轉向他露出笑容。「結束了。她死掉了，爸，她死了。」

他朝爸爸走了兩步，突然聽見諾娃尖叫起來。

他急忙轉過身去，盧克莉霞．卡特像鷹一樣尖嘯著爬起來，拋開鋼琴，一把抓住他的腰部。他還來不及放聲呼喊就被拖向前。她的口器大張，一股腐爛香蕉的氣味吞沒了他，他就要死了。

他聽見父親大喊，接著盧克莉霞．卡特的頭猛然往後一仰，放開達克斯。他掉下來，她腿上的鋒利尖刺割傷他的皮膚。他大叫一聲摔到地板上，想要翻滾逃走，卻痛得倒吸一口氣。他看到傑拉德的臉，感覺管家抓住他的腋下，將他往後拖。達克斯看見父親站在他前面，兩腳叉開站著，手持魚叉槍。巴索勒繆．卡托重新裝上魚叉，對準盧克莉霞．卡特的胸部再開第二槍，她向後彈射撞到牆壁，被魚叉牢牢釘在牆上。她尖聲大叫著劇烈扭動，最後四肢猛的抽動兩下垂了下來，頭往前倒，動也不動了。

達克斯目不轉睛的盯著她，不敢相信她真的死了，預期她會再起來。

他爸爸扔下魚叉槍，搖搖晃晃的跪下，抓住達克斯輕輕的擁抱他。達克斯感覺到父親的胸膛起起伏伏，明白他是在哭泣。

「爸，沒事的，現在一切都沒事了。」他說。

34 撤離

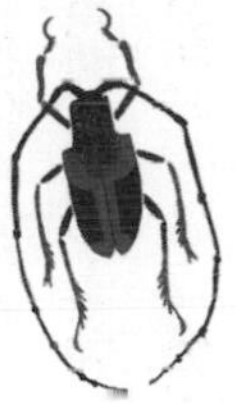

「達克斯？達克斯？你在嗎？」柏托特的呼喚聲從掉在地上的裝置傳來。達克斯抓起裝置。

「我在。」他回答。「都結束了。」他看向釘在牆上的巨大甲蟲女人。「她死掉了。」

「嗯，我們有麻煩了，」柏托特說，「電腦即時動態報告水稻水象鼻蟲正在吞噬中國的作物，而且防衛系統告訴我有一隊轟炸機正朝這裡飛來。」

「爸。」達克斯抬起頭來。「你知道怎麼阻止盧克莉霞．卡特的甲蟲嗎？我們能不能阻止牠們攻擊中國的稻米收成？」

巴弟搖頭。「我不曉得要怎麼阻止牠們。我查看過了，似乎沒有任何控制中心或按鈕。我想她預先安排好了一切，無論她是死是活事情都會發生，沒有辦法攔阻。」

「一定有辦法。」達克斯說，靠著他爸爸站起來。

「我曉得她的甲蟲大軍部署的地點。那些全標示在地圖上，不過如果我們告訴各國政府，他們就會派出士兵，那正是她想要的。他們會觸發她所有的陷阱，讓情況變得更糟，士兵和炸彈阻止不了昆蟲。」

「我們必須到柏托特那裡去，快點。」達克斯想要走路卻絆倒了，他的臀部痛得發燙。他父親接住他。

「別急，達克斯。柏托特在哪裡？」

「在保全棟，我們必須趕快到那裡。空中有轟炸機，百歐姆的門又全部大開。」

「我抱你去。」巴弟將達克斯抱起來。

「有人需要搭便車嗎？」薇吉妮亞出現在門口，坐在一隻戴著嘴套的巨無霸虎甲蟲背上。

「薇吉妮亞，你能帶我們去柏托特那裡嗎？」達克斯問，「情況緊急。」

「上來吧，」她點點頭，「這個壞小子速度很快。」

「哈囉！」達克斯聽見麥西伯伯的聲音，轉身看見史賓賽坐在一隻巨無霸長戟大兜蟲的胸部上，麥西伯伯則趴在牠的翅鞘上。

「你還好吧？」達克斯問。他父親小心翼翼的將他抱到巨無霸虎甲蟲的背上。

「很好。」麥西伯伯點頭，「玲玲追上我，把我丟到河裡。我被討厭的電鰻電了一下，又被幾條食人魚輕輕咬了幾口。幸好傑拉德把我拉上來。」

「他在那裡陪著諾娃，她受傷了。」達克斯看著史賓賽說，「你能不能帶所有人到直升機上？有轟炸機正往這裡來。」

史賓賽已經跳下巨無霸長戟大兜蟲，跑進實驗室。

「我們走吧。」薇吉妮亞喊道，巨無霸虎甲蟲以驚人的速度向前奔跑。百歐姆變成一片模糊的白，幾分鐘內他們就到達控制室門外。

柏托特在椅子上轉過身來。「嗨！」他一臉驚恐的說。

巴弟滑下虎甲蟲的翅鞘，抱起達克斯，帶著他跑向柏托特旁邊的椅子。「我們需要做什麼？」他問。

手腕斷掉的疼痛讓達克斯難以思考。「柏托特，我爸需要把一整個系列的座標，就是盧克莉霞．卡特在世界各地安排甲蟲等著攻擊的地點，用訊息傳送出去。」

「可是，達克斯，我告訴過你，我們不能告訴各國政府……」

「我們不是要告訴政府，」達克斯說，扮個鬼臉以阻止疼痛壓垮他。「我們是要告訴昆蟲學家。他們全都在現場工作，可以跟石川佑樹博士一起利用費洛蒙陷阱解決甲蟲為患的問題。」

「這點我辦得到！」柏托特起勁的點頭，他急忙轉回控制臺，從口袋拿出一張皺巴巴的紙片。「柏頓先生，我是說漢克，告訴過我們他的聯絡方式，他會轉告所有人。」他開始拚命的在鍵盤上打字。

巴索勒繆驚訝的看著他兒子。「這主意真是聰明。太好了！極有可能行得通。」他朝柏托特傾身，「你能叫出地圖嗎？我們在那上面標示座標，再寄給漢克。」

「轟炸機還有多遠？」達克斯問。

牛頓從柏托特的頭髮嗖的飛出，在閃著雷達光點的螢幕四周繞圈子。達克斯可以看到五個三角形朝中央移動。

「還有十五分鐘。」柏托特抬頭瞄一眼後說，

「我們必須離開這裡。」巴弟說。

「愛瑪發了呼救信號給轟炸機。」柏托特說，手指一邊飛快的敲著鍵盤。「她表明了自己的身分和這地方的位置，告訴他們盧克莉霞已經死了。」他看向達克斯。「信號會反覆傳送出去，我們得祈禱他們收到信號並且相信這個訊號。我們希望他們能降落，下來查看這地方，不要把這裡炸成碎片。」

地圖出現在螢幕上，達克斯的爸爸開始指出大批盧克莉霞．卡特甲蟲等著釀成災害的地點。

「達克斯，」薇吉妮亞回到門口，「大家都上了直升機。我們得走了。」

「再兩分鐘。」巴弟邊說邊指著螢幕。

薇吉妮亞和達克斯看著柏托特工作，氣氛緊張而沉默。

「沒了，這些就是所有的地點。」

地圖上紅旗的數量讓達克斯大吃一驚——盧克莉霞．卡特鐵定計畫很多年。

「傳送！」柏托特從椅子上跳起來。

巴弟一把抱起達克斯，達克斯猛烈的深吸一口氣。他父親衝過房間，將他放回戴著氧氣面罩的巨無霸虎甲蟲身上。

「好棒的交通工具。」柏托特對薇吉妮亞說。

「他的名字叫巴納可。」薇吉妮亞邊回答邊將甲蟲調頭。

「等一下！」達克斯坐起來。「柏托特，你必須把含氧量再調高。」

「什麼？」

「主圓頂建築裡的。快點。馬上調高！」

柏托特跛著腳走回控制臺，猛然將旋鈕調到最大，再一瘸一拐的走回來。巴弟將他抱到虎甲蟲背上和達克斯並肩坐著，自己再爬上來。

寶藍色的天空取代了六角磁磚。達克斯

聽見直升機的螺旋槳槳葉嘎嘎作響。太陽熱烘烘的照在臉上，這世界聞起來有土壤、溼氣，和千百種不同植物的氣味。他感覺一股狂喜湧上心頭，他們辦到了。

甲蟲巴納可奔向直升機時，達克斯仰頭看父親。

「爸，等我們回家以後，請你繼續留鬍子好嗎？」他說。

他爸爸笑了，藍眼睛四周的皺紋好像太陽光束。「當然好啊，兒子。」

「巴克斯特，」達克斯把甲蟲捧到胸前，「你能飛嗎？」

巴克斯特點點頭。

「我們還有最後一件事得做，」達克斯伸出手說，「你必須告訴那些巨無霸甲蟲大圓頂建築裡充滿氧氣，牠們可以在那裡生活。」

巴克斯特躍上空中掀起翅鞘，柔軟的翅膀短促的振動著。牠很累了，而且因為右邊少了一條腿，飛行路徑有點偏差，不過牠飛到一隻巨無霸泰坦大天牛旁，傳達了訊息。

「我們趕快離開這裡吧。」巴弟滑下虎甲蟲。

達克斯聽到愛瑪·蘭姆跟史賓賽的喊叫聲。麥西伯伯在直升機的副駕駛座上。

「那隻甲蟲是幹什麼的？」莫蒂回頭大喊著問。

「巴納可要跟我們一起走。」薇吉妮亞大聲說，壓過直升機螺旋槳槳葉的噪音。

巴納可背著薇吉妮亞、達克斯，跟柏托特爬進直升機。諾娃坐在傑拉德的腿上，對面是愛瑪·蘭姆。

巴弟跳上直升機，伸出手準備關門。

「等等！」達克斯大喊。「巴克斯特！」他看見這隻勇敢的兜蟲在空中奮力飛向直升機。達克斯從巴納可背上滑下來，腳踏到地板時震動了臀部，立刻大叫出來。他從門口探出身子，把手伸出去，巴克斯特緊急降落，一頭栽進他的手掌裡。遠處傳來隆隆聲，他抬頭看天空，不過那不是打雷，而是一隊轟炸機，地平線上出現越來越多斑點。

「快走，快走，快走！」達克斯喊道。

直升機起飛時，他將巴克斯特抱在胸前俯瞰百歐姆。地面布滿大大小小的甲蟲，在草叢裡挖地洞、飛行、嬉戲。兩個身穿亮綠色連身褲的熟悉人影從地上的暗門跑出來，對著接近的飛機揮手——是皮克林與亨弗利，他們從頭到腳都爬滿了甲蟲。

35 甲蟲動物園

「你確定你一定要走嗎？你可以跟我們一起住啊。前提是，如果你願意的話。」達克斯對著諾娃的背說，她正在打包行李。「我相信我爸一定不會介意的，我可以問問他。」

「喔，達克斯。」她轉過身來微微一笑。「聽到你這麼說，我無比的高興。過去幾星期成為你家的一分子，我過得非常愉快，不過這裡房間不夠，讓麥西伯伯睡在前廳地板、你爸爸睡在沙發上，我很過意不去，明明我有一整棟屋子可以住。」

「你的意思該不會是你要回去陶靈大宅吧？」

「今天早上傑拉德來的時候，他告訴我，身為盧克莉霞‧卡特唯一活著的親人，我繼承了她的遺產。她沒有留下遺囑，所以她所有的東西現在都歸我了。」

「哇！那你打算怎麼辦？」

「想辦法用這筆遺產做些好事。」

「不，我的意思是，你自己打算怎麼辦？」

「傑拉德——他，嗯，」諾娃白皙的臉頰泛起淡淡的紅暈，「他說他願意照顧我。」她兩手交握在一起，兩根拇指緊張的互相扭打。「他說想要彌補他沒有幫忙的那些時日。」

「他會成為你的養父？」

「算是吧。」諾娃興奮的點頭。「還有米麗，你記得她嗎？我們的廚娘？她會回來幫忙。」她的臉上堆滿笑容。「我想她有點愛上傑拉德了。是不是很浪漫啊？」她抬起雙手托住下巴嘆了口氣。

「回去陶靈大宅不會怪怪的嗎？那裡有那些回憶？」

「陶靈大宅是我唯一擁有過的家，而且那裡也發生過一些好事啊。我認識了你，還有小赫。」她的眼睛閃著淘氣的火花，「而且現在我有很多很多的錢，可以把那間屋子改造成我想要的模樣。」

達克斯咧嘴一笑。「那你打算怎麼做？」

「我要拆掉所有的牢房，把地下室改裝成電影院。我會將瑪泰的甲蟲收藏捐給自然歷史博物館，這輩子我不想再看到死的甲蟲了。」

「但是你一定要保留那些書。」達克斯說。

「哦，沒錯，我會擁有一間很大的圖書室，」諾娃點頭，「不過我會增添大量的故事書、圖畫書，還有關於精靈、神話與怪物的書，一定會很棒。」

「對三個人來說，那間屋子太大了吧。」達克斯說。

「不過你跟薇吉妮亞、柏托特會過來呀，」諾娃皺了皺眉，「不會嗎？我的意思是，現在我也是他們的朋友了。朋友就是會這樣互相拜訪，不是嗎？」

達克斯點點頭，「如果你家有電影院，那絕對是擺脫不了我們的。」

「另外，我會造一間含氧量特別高的房間給巴納可——牠一直想脫掉臉上的氧氣面罩，而且牠帶刺的腿老是割破氧氣帳。」

「哦，嗯，那麼，薇吉妮亞八成會搬進去，她愛死那隻笨甲蟲了。」

「然後當然，還有玲玲。」諾娃邊說邊轉回去收拾。

「玲玲？」

「她救了我的命，加上瑪泰不在，她就失業了。所以，我請她留在陶靈大宅為我工作，考量到我現在很有錢，加上因為我母親曾經試圖接管全世界、殺死所有人，所以我八成需要保護。」諾娃聳起肩膀，興奮得把臉皺成一團，「不過最棒的是，她會讓我跟她一起訓練。」

「訓練？」

「對。我要看看我的這副身體究竟能做什麼。」她伸出一隻手臂，檢視塗成珊瑚粉紅色的指甲。「她會教我成為女忍者的方法。」她放下手，「另外，我很希望我們成為朋友後，她會教我跳舞。你知道她年輕時是美國知名的芭蕾舞者嗎？」

達克斯搖一搖頭。

諾娃嘆口氣坐到床上，「我好想當個芭蕾舞者。」

「你想她會教我幾招忍者的功夫嗎？」達克斯問。「下次羅比欺負我的時候，能夠擋開他的拳頭就太酷了。」

「誰是羅比？」

「喔，只是學校裡的同學。他從來不會錯過欺負我的機會。我敢打賭，如果我對他使出忍者的招式，他就不會再來煩我了。」他舉起雙手──右手腕仍打著石膏──瞇起眼睛，一副準備打架的樣子。

「哦，還有另外一件很棒的事……」諾娃噘起嘴脣，為了戲劇性的強調停頓片刻。「我要去上學了。」她拍拍手，「這是最棒的消息吧？真正的學校耶。」

「你要知道，學校其實沒有那麼棒。」達克斯的雙手垂下來。

「可是我要去上的是你們的學校，跟你和薇吉妮亞、柏托特一起上學！傑拉德解決了所有的問題。下星期我就要開始進埃賽雷德國王中學上課了。」

「真好，不過，我可能不會去那裡了。」想到諾娃、柏托特，和薇吉妮亞在一起，獨缺他一人，達克斯的胸口就一陣刺痛。「我爸跟我很快就要回家了。麥西伯伯八成希望他的前廳不要到處都是甲蟲，也不要房子裡聞起來充滿篝火味吧。」

諾娃大笑起來。「總算有一次消息比你靈通，真是太好了。」她沾沾自喜的說，

「我通常都是那個什麼都不知道的人。」

達克斯皺起眉頭，「你知道些什麼？」

「瑪泰擁有隔壁那間大賣場。爆炸之後，她從市府手中買了下來。」

達克斯眨了眨眼，「她燒掉賣場的時候，賣場已經是她的？」

「沒錯，所以現在是我的了，」諾娃繼續說，「我今天早上跟你爸爸還有伯伯談過。傑拉德會找人來戡查賣場跟兩邊的建築，我會付錢翻修，然後……」她停頓一下，整張臉變得明亮紅潤，像小鳥振翅一樣拍動雙手尖聲說，「然後我要請建築師把賣場改造成甲蟲動物園。」

「什麼？」

「嗯，基地營甲蟲需要適當的居住場所，而且如果我們要改變人們對昆蟲的想法，就需要有個他們能夠參觀的地方，讓他們可以認識甲蟲，了解甲蟲多麼美好。所以我想我們可以在這裡建造一座甲蟲動物園。」

「喔，諾娃，這主意真是太棒了。」

「對呀，另外我們也要成立一個研究中心，在研究中心裡，我們可以重啟法布林計畫好的部分，努力把世界變得更好。」

「這樣我來探望麥西伯伯的時候就可以去參觀。」達克斯的聲音小得近乎耳語，他感覺喉嚨哽住了。

諾娃握住他的雙臂，直視他的眼睛，「達克斯，我想請你爸爸當研究中心的主任。」

達克斯眨一眨眼睛。

「要是他同意、你也願意的話，你們兩人可以住在研究中心上面的公寓。我的意思是，當然，還是得先蓋起來，不過那裡會有公寓。」

「什麼！？諾娃，這真是太讚了！」達克斯抓住她的雙臂，兩人一起跳上跳下。「他會答應的，我知道他一定會的。我可以留在這裡上學，每天見到你跟薇吉妮亞、柏托特，還有麥西伯伯了！」他的心情飛揚起來。「走吧，我們現在就到樓下去問他。」

「也許你該自己跟他談談。」諾娃說。「我還有一些行李要整理。」

「我馬上回來。」達克斯飛奔下樓，衝進客廳。「爸……」他停下腳步，因為他看見傑拉德站在基地營甲蟲的充氣戲水池前面。「喔，你好。」

他爸爸坐在沙發上。「啊，達克斯，你認識奧立維吧。」

「奧立維？」達克斯困惑的看著管家，「什麼？」

「奧立維．傑拉德．拉赫司。」管家鞠個躬。

「拉赫司？拉赫司。」達克斯聽過這個姓，但是想不起來在哪裡聽過。「拉赫司！丹妮爾．拉赫司。她是法布林計畫的成員之一……」他皺起眉頭。

「丹妮爾是我大姊。」傑拉德點頭。「很久以前，盧克莉霞．卡特曾經對我姊造成很大的痛苦，她始終沒有走出傷痛。我受訓成為管家，接下在盧克莉霞．卡特家的工作，就是打算讓她為她對我姊姊所做的事情道歉，可是我沒想到會在那裡發現那麼黑暗的事。」

「我在陶靈大宅牢房裡的時候，奧立維向我表明了身分，」巴弟說著對管家微微一笑，「我們從那時起就合作到現在。」

「卡托先生，」傑拉德對達克斯鞠個躬，「我必須為我們第一次見面時發生的事向你道歉。」

「沒關係啦。」達克斯聳一下肩。

「當然有關係，那是不好的行為。」傑拉德嘆氣。「巴弟，我很慚愧曾打了你兒子的後腦杓。他那時一直反抗，但我得帶他離開盧克莉霞·卡特的屋子。」

「那又不痛。」達克斯說謊。

「那是我唯一一次打小孩，從那之後我就一直覺得良心不安。」傑拉德搖搖頭。「我沒辦法原諒我自己。」

「你是想要幫助他啊，」巴弟溫柔的說，「我們了解。」

「而且麥西伯伯還以顏色，把你打昏了。」達克斯咧嘴一笑。

「哈！那倒是真的。」傑拉德揉一揉下巴，彷彿想起了那一擊。

「所以你的名字是奧立維還是傑拉德？」達克斯問。

「兩個都是，不過從今以後我會用傑拉德，因為那是諾娃小姐熟悉的名字。」

「她在哪裡？」巴弟問達克斯。「奧立維來接她回家。」

「她在樓上收拾行李。」達克斯回答。

「我去幫忙小姐。」傑拉德低下頭。

達克斯看著他走出客廳，自言自語：「假如他要當她爸爸的話，得停止那樣稱呼她才行。」

巴弟哈哈大笑。

「爸，你聽我說，諾娃告訴我有關那個工作的事，還有她想在隔壁建個甲蟲動物園的計畫……」

「嗯，」他爸爸點點頭，「那是個不錯的主意。」

「所以你會接下那份工作？」

「我得考慮一下，達克斯。自從愛瑪．蘭姆所寫的盧克莉霞．卡特的報導刊登出來，大家明白了真相以後，工作機會跟邀約多得讓我應接不暇，而且自然歷史博物館說我可以重回以前的工作崗位。」

達克斯感覺胃往下沉。「可是我不想回去過以前的生活，」他脫口而出，「以前的日子很孤單，你的心情也不好。我在這裡有朋友，還有甲蟲……」他望向充氣戲水池，眼中泛起淚水。他眨眨眼睛把眼淚逼回去，略微提高音量說：「而且巴克斯特怎麼辦？牠現在只有五條腿，牠也需要朋友。我想要留下來。」

「嘿，達克斯，」他爸爸輕聲喚他，拍拍身旁的沙發。「過來這裡。」

達克斯拖著腳走到父親那邊，眼睛盯著地板。

「聽我說。」他爸爸抬起他的下巴，藍眼睛裡帶著笑意，下巴上長滿鬍渣。「你救了我的命。你穿越亞馬遜叢林來救我，你帶給我對未來的希望。我是世界上最驕傲、最幸運的爸爸，我愛你。如果你想要建甲蟲動物園，我們就那麼辦吧。」

「真的嗎？」達克斯猛眨眼，但是止不住眼淚順著臉頰滑下。「你是說真的嗎？我們可以留在這裡？」

「哎呀，拜託，不要哭了。一切都會好轉的。」他爸爸伸出手臂摟住他的肩膀，將他拉近一點。「從現在起我會當個比較稱職的爸爸。我保證。」

「你是世界上最棒的爸爸。」達克斯啜泣著抱住爸爸的胸膛。

他們坐了一會兒，直到達克斯平靜下來。「爸？」他吸了吸鼻子。「媽媽真的把你的大角金龜普羅米修斯，還有你所有的研究交給了盧克莉霞嗎？」

「沒有，達克斯，那是謊言，目的是為了要傷害我們。你母親是個充滿熱情的科學家，但是她要我停止進行甲蟲的遺傳實驗，所以她絕對不會把我的研究交給盧克莉霞．卡特。」

「可是她拿到了普羅米修斯。」

「那是在自然歷史博物館上鎖的庫房裡被偷走的，就像盧克莉霞綁架我一樣。」

「有時候，我覺得自己好像不了解媽媽實際上是怎樣的人，這讓我很傷心。」

「喔，達克斯，我很抱歉。你知道你可以問我任何有關她的事，我都會告訴你。」

「可是我不想害你難過。」達克斯坦承。

「嗯，我不會再難過了。我保證。我沒時間難過。我們有太多工作要做，要證明盧克莉霞．卡特錯了，要讓大家開始為環保努力。」

達克斯點點頭。「在隔壁的新公寓裡，我們可以把媽媽的照片掛在牆上嗎？」

巴弟揉亂達克斯的頭髮，「當然可以，達克斯。你想要什麼都可以。」

達克斯展露笑容，「那我可以在臥室裡放個大飼育箱給巴克斯特嗎？」

巴弟大笑，「我想那是那隻勇敢的兜蟲應得的。」

輕輕的敲門聲傳來，達克斯坐了起來，用袖子擦了擦臉。傑拉德推開門，諾娃站在他旁邊，提著旅行箱，準備要離開。

「你們要走了嗎？」巴弟站起來。

傑拉德點頭。「謝謝你們把諾娃照顧得那麼周到。」

「我們家永遠歡迎她，」巴弟微微一笑，「諾娃，達克斯跟我討論過了。我願意接下你提議的工作，幫你建一座甲蟲動物園。」

「你願意？」諾娃把旅行箱扔到地上，拍著手跳上跳下。「這消息真是太棒了。我們要讓大家看看甲蟲多麼美好、多麼有益處。」赫本從諾娃髮箍上的飾花跳起來轉了一圈。諾娃注視達克斯，「這樣一來，我們就可以天天見面了。」

「不過等一下，」達克斯說，「那亨弗利跟皮克林怎麼辦？如果我們住隔壁，他們要住在哪裡？」

「哦，他們不會有問題的，」諾娃答覆。「我遵守了瑪泰對他們的承諾，我認為這樣才公平，所以各給了他們二十五萬英鎊。他們要怎麼運用那筆錢就由他們自己決定。」

36 麥氏羊肚肉餡與毛皮袋店

亨弗利跟皮克林站在木板封起的商店外面。

「那塊招牌必須拿掉。」亨弗利指著門上那塊蘇格蘭紅綠格紋的板子說，上面用金色的正楷大寫字母寫著「麥氏羊肚肉餡與毛皮袋店」。

「沒錯。」皮克林點點頭從口袋拿出一串鑰匙。「我們進去看看我們的新家吧？」

表兄弟倆踏入位在倫敦南邊象堡區沃爾沃斯路的店鋪。由於對毛皮袋、吃羊肚肉餡感興趣的客人減少，所以這家店最近歇業了。

「你瞧！有肉櫃。」亨弗利踩著笨重的步伐走到店鋪的左手邊，手上提著裝在白桶裡的蔓越莓醬，自從他回到英國後，這桶蔓越莓醬就時刻不離身。肉櫃的擺設跟肉店的一樣。

「你看！有展示櫃耶！」皮克林看著店鋪右手邊，他的兩條手臂大張彷彿想要擁抱那面玻璃牆。「最適合放我的古董了。」

「這個最適合我的派。」亨弗利從肉櫃後面說。「我很好奇羊肚肉餡派是什麼味道？

加到我的菜單裡可能不錯。」

「走吧，我們去看看樓上。」皮克林說，興奮的大步穿過店鋪後面，急急忙忙爬上螺旋梯。他想要確保自己得到最好的臥室。

「我討厭樓梯，」亨弗利抱怨，「先說好，我要走道的第一間臥室。」

皮克林壓低聲音悄悄咒罵了一句。

他們來到廚房。皮克林打開櫥櫃，發現了幾個舊馬克杯和一只深平底鍋。「我們喝個茶好嗎？」

「好啊。」亨弗利點頭。

皮克林從外套口袋拿出茶包扔進鍋裡，再加滿水放到爐子上。接著把茶倒進馬克杯，拿出一把從回家的飛機上偷來的牛奶球，在每個馬克杯裡各倒兩顆。表兄弟倆拿著馬克杯再爬一層樓梯。

「這間是我的房間。」亨弗利推開走到的第一扇門說。這間房間很大，地板上鋪著磨破的地毯，除了一張老舊的藍色扶手椅外空無一物。他走過去坐到椅子上。「太完美了，我需要的全都有了。」他出聲喝了口茶。

「你不過來看看樓上嗎？」皮克林問，亨弗利的房間這麼大讓他感到氣惱。「上面的房間可能比較好喔。」

「不要。」亨弗利搖頭。

皮克林怒氣沖沖的走出房間。亨弗利聽到表哥爬樓梯的聲音。

「喔，亨弗利，這上面好漂亮喔。你應該過來看看。」皮克林的聲音喊道。

亨弗利暗自笑了一下把茶喝完。他一點也不想動，他將空馬克杯擱在地板上，踢到房間一角。我待會再洗，他心想。

37 甲蟲女孩

一群孩子穿著黑紫雙色的制服湧進校門。達克斯站在一旁，低頭瞧巴克斯特一眼，巴克斯特舒適的窩在他的西裝外套口袋裡。甲蟲對他揮一揮爪子。「好了，記得要躲起來喔。」達克斯對兜蟲悄聲說，他掃視走向教室的人群，大家邊走邊喋喋不休、互相打招呼。一輛光彩奪目的黑頭車停下來，在陽光下閃耀著些許的紫羅蘭色與翡翠綠。達克斯笑了，想起頭一次見到的時候，他覺得這輛車看起來像是從漫畫裡跑出來的東西。如今已變成他朋友的車了。

羅比粗魯的聲音在眾多孩子的喧鬧聲中響起。「哇！看看那些輪子！」

丹尼爾．道伊從西裝外套口袋拿出一把梳子，梳理額頭上抹了油的那綹頭髮。車的前門開啟。一個臉頰上有傷疤、身穿黑衣的女人走出來，打開後車門。諾娃穿著黑紫雙色的制服走出來，後面跟著傑拉德，他遞出紫色的背包。

「你的便當在背包裡，鉛筆盒也在裡面。我跟校方確認過了，他們會提供你需要的書本。」

「別瞎操心，傑拉德。」諾娃咯咯笑著親一下他的臉頰，接過背包。

「放學時我們會來接你。」她走向大門時，他高聲喊。

「你好啊，公主。」丹尼爾．道伊大聲說。「你叫什麼名字？」

諾娃幾乎沒停下腳步，狠狠瞪他一眼。

達克斯聽見身旁有人哼了一聲。薇吉妮亞跟柏托特來迎接第一天上學的諾娃，他朝他們咧開嘴笑。馬文吊掛在薇吉妮亞的髮辮上，牛頓在柏托特的頭髮裡面微微發光，讓他看起來像天使。

「他們最好別惹她。」柏托特說，表情非常認真。

「她會讓他們完全招架不住。」薇吉妮亞輕聲竊笑。

「沒錯。」達克斯點頭。

諾娃看見他們三人站在門內，揮了揮手。

「她在做什麼？竟然對甲蟲男孩招手。」羅比驚呼。「嘿，公主。你不會想接近他的，他可能會把甲蟲放到你身上。」

諾娃不理睬他，朝達克斯、薇吉妮亞，和柏托特跑過去。

「歡迎你第一天來上學，」達克斯說，「我看到你已經見過我們學校的惡霸了。」

諾娃出其不意的伸出雙臂摟住達克斯的脖子，親了一下他的臉頰。他踉蹌的向後退了一步。

「很興奮吧？」她誇張的說。

「不怎麼興奮，」薇吉妮亞搖搖頭，「這裡可是學校。」

「正因為這樣啊！」諾娃蹦蹦跳跳的抱一下薇吉妮亞，再抱住柏托特。

「你來這裡讓人很興奮。」柏托特滿臉通紅的緊緊回抱她。

「那麼我們的教室在哪裡呢？」諾娃問，牽起達克斯的手。「我好想看看。」

「喂，甲蟲男孩！」羅比大喊。

他們四人轉身看著那群鬧哄哄、逐漸走近的男生，趾高氣揚的走在丹尼爾・道伊與羅比的後面。

「你不向你的女朋友介紹一下我們嗎？」羅比問，所有的生化人竊笑起來。「不要以為她會一直喜歡你。」他指向丹尼爾・道伊，他對諾娃噘起嘴脣，挑了下眉毛。「等她認識了少女殺手道伊以後就不會了。」

達克斯感覺諾娃握他的手氣憤得收緊。

「不好意思。」諾娃怒目瞪著羅比，「麻煩請你朋友別再對我扮那些奇怪的鬼臉，我看了很不舒服。」羅比驚訝得合不攏嘴，金屬牙套微微閃光。「哦，另外你要知道，我**不是**達克斯的女朋友，因為他從來沒有約我出去過，不過要是他真的約我，我會馬上答應，因為他是我所認識最善良、最勇敢、最聰明的男孩子。」

達克斯深吸一口氣，被自己的口水嗆到。他的臉龐發燙，柏托特重重的搥一下他的背。

「哦——」羅比搖頭晃腦，發出庸俗的接吻聲。「他對你做了什麼？叫他的甲蟲咬了你嗎？」他對自己的笑話哈哈大笑。「你最好小心點，否則會變成甲蟲女孩喔！」

「甲蟲女孩！甲蟲女孩！」所有的生化人都在附和。

「雖然我們現在很想踢你們的屁股，」薇吉妮亞說，「不過我們得去上課了。」她轉身背對那群叫囂的惡霸，其他三人也照做。

「甲蟲女孩！甲蟲女孩！」不絕於耳的呼喊聲跟著他們。

諾娃看著達克斯，臉上偷偷露出頑皮的笑容，眼睛翻成黑色。「你想告訴他們，還是由我來說？」

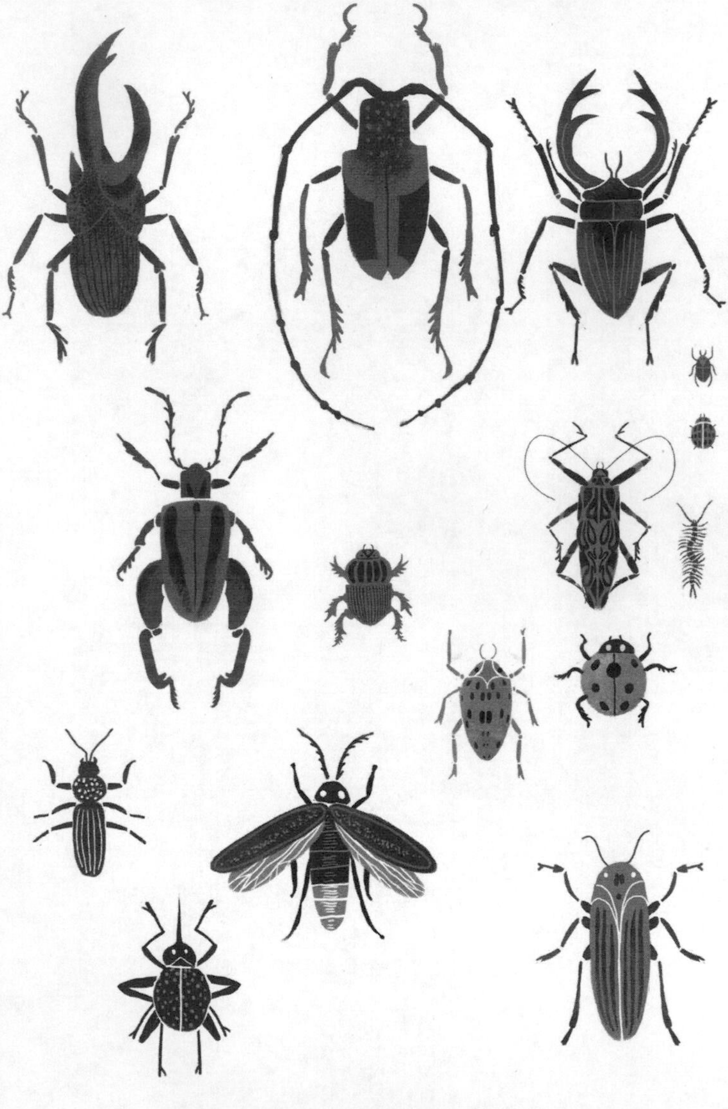

你知道牠們的名字嗎？

（答案請見 P283）

昆蟲學家辭典

辭典內容及物種名審定 / 李奇峯（行政院農業試驗所應用動物組研究員）

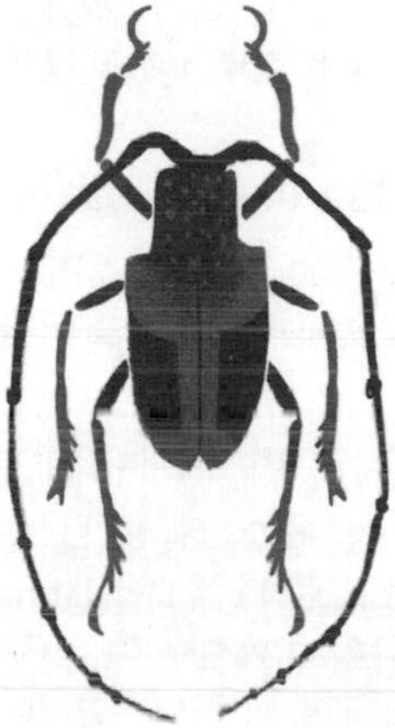

芫菁 (blister beetles)

專指鞘翅目（Coleoptera）、地膽科（Meloidae）的種類，當牠們身受威脅時，便會分泌斑蝥素來禦敵，接觸後會導致水泡（Blister）。屬於過變態動物，一生中會經歷幾個幼蟲階段。本科昆蟲的幼蟲為寄生性，大部分以蜜蜂幼蟲為主；成蟲有時以植物的花和葉為食。

耶誕甲蟲 (Christmas beetles)

專指金龜子科（Scarabaeidae）中 *Anoplognathus* 這一屬的種類，只分布在澳洲及南非，由於成蟲只在聖誕節的時候出現，因而有耶誕甲蟲 的稱號，此類金龜子體長 20~30mm，飛翔時很吵，身體呈黃褐色，有些呈黃綠色的金屬光澤。

食腐甲蟲 （carrion beetle）

專指鞘翅目（Coleoptera）、埋葬蟲科（Silphidae）的種類，大部分以動物死屍和腐屍為食，扮演了分解者的重要角色。少數生活於蜂巢內，猶如清潔工。有幾種無眼，居住於洞穴中，食蝙蝠糞便。體長從極小到35公釐，平均體長12公釐。其扁平而有彈性的身體和翅使它能在動物屍體下爬行。由於有些食腐甲蟲能把小型動物（如鼠或小鳥）屍體下方的土挖出，並將屍體掩埋，故又稱埋葬蟲。

瓢蟲 （Coccinellidae or ladybirds）

屬鞘翅目（Coleoptera）的一個科，許多種類體型都是圓滾滾的，且具明亮顏色，幼蟲及成蟲肉食性，取食蚜蟲、薊馬及介殼蟲等小昆蟲。

椰子犀角金龜 （coconut rhinoceros beetle）

學名 *Oryctes nasicornis*，屬於鞘翅目（Coleoptera）、金龜子科（Scarabaeidae）、兜蟲亞科（Dynastinae）。為中型兜蟲，體長20～40公釐，最長可達47公釐，廣泛分布於北半球，是一種農業害蟲。在熱帶地區，一年可繁殖兩代，較寒冷地區如台灣則一年一代，成蟲全年可見，但多見於4至7月間。雄蟲頭部前方長出小型角狀物，狀似犀牛角，因此而得名。

食骸蟲 （deathwatch beetle ）

專指蛛甲科（Ptinidae）的 *Xestobium rufovillosum*，是一種中型甲蟲，幼蟲生活在枯木、老樹及建築物中，由於牠們穿孔的取食行為會造成木質梁木、地板及家具造成重大損害。

糞金龜 （dung beetles）

指以動物的糞便為食的金龜子，大多數屬於金龜子科（Scarabaeidae）中的蜉金龜亞科（Aphodiinae）和金龜子亞科（Scarabaeinae），但是金龜子總科的掘穴金龜科（Geotrupidae）的部分成員也會被稱作糞金龜。目前全球有多達5000種以上，臺灣至少有100種以上。

螢火蟲 （fireflies）

專指鞘翅目 (Coleoptera)、螢科 (Lampyridae) 的成員，這一科裡很多種類能發光，但並不是全部都可以。通常，只要有發光器官的甲蟲，就會被稱為螢火蟲。螢火蟲發光是為了求偶， 有些種類的螢火蟲只有雄蟲有發光器官，而有些種類則雌雄都有。有些種類的光是一閃一閃的，有些則是持續不斷的發光。這種信號是因種類而異，在長度和節律上都有所不同。

長臂天牛（harlequins）

學名 *Acrocinus longimanus*，屬於天牛科（Cerambycidae）的粗天牛亞科（Lamiinae）的一個種。分布於拉丁美洲地區（北起墨西哥，南至阿根廷北部）的熱帶雨林。屬於大型天牛，體長可達約 7.6 公分，取食樹幹上流出來的樹液。

長戟大兜蟲 （Hercules beetle）

學名為 *Dynastes hercules*，屬於鞘翅目（Coleoptera）、金龜子科（Scarabaeidae）、兜蟲亞科（Dynastinae），分布於中南美洲的熱帶雨林，是全世界最大的甲蟲之一。其亞科成員雄蟲頭部及前胸背板會長出角狀突起，而雌蟲並無此構造；由於長戟大兜蟲雄蟲的前胸背板長出非常長且輕微彎曲的角狀突起，狀似長戟，才有此稱號。此外，成蟲體長最長紀錄為 181 毫米，為世界上最長的甲蟲力量極大，可以舉起自身體重 850 倍的物體，因而有另外一個以希臘神話中的半神英雄赫拉克勒斯命名的稱呼——赫克力士長戟大兜蟲，與一般顯示承載能力僅達 100 倍的體重的獨角仙不同。

吉丁蟲 （jewel beetles）

專指鞘翅目（Coleopera）、吉丁蟲科（Buprestidae）的種類；此科的種類大多呈現虹彩狀的金屬色澤，因此英文俗名稱之為寶石甲蟲（jewel beetles），雌蟲會在該種特定的寄主植物樹木莖幹或新鮮的枯木上產卵。幼蟲孵化之後便深入樹幹中鑽洞，以蛀食木質纖維維生。

猴甲蟲（monkey beetles）

是指金龜子科（Scarabaeidae）、單爪鰓金龜族 Hopliini 裡某一群的金龜子後腿特別粗長，形狀像猴子而得名，此類金龜子常訪花，為重要的授粉者。

東方白點花金龜（Oriental flower beetle）

學名 *Protaetia orientalis*，屬於金龜子科、花潛金龜子亞科 Cetoniinae 的一個種。一年一代，卵產於土中，幼蟲食植物根部，土中化蛹。成蟲具趨光性、善飛，喜好幼嫩柔軟的葉片與花瓣，食量大，白日停息在植株葉叢中，黃昏後取食活動較多。每年四到六月成蟲集中出現，對植物損傷大。

蟬寄甲（Rhipicera femorata）

專指鞘翅目（Coleoptera）、蟬寄甲科（Rhipiceridae）的一個種，此類甲蟲幼蟲寄生在蟬的若蟲上，因此英文俗名為 cicada parasite beetles。此種雄蟲的觸角發達，具非常多的小節，每一個小節具細長的分枝，狀似羽毛，也有羽角甲蟲（featherhorned beetle）的稱號。

費洛蒙（pheromone）

是一種生物釋放出身體外的化學物質，會透過嗅覺被同物種其他個體察覺，而表現於生理、心理變化。一般應用費洛蒙陷阱是指以性費洛蒙（sex pheromone），吸引異性前來，尤其雌性費洛蒙來吸引雄性特別有效，再加上捕蟲器就是很好的費洛蒙陷阱，在臺灣最常用來防治甘薯蟻象及小菜蛾。

大蕈蟲（pleasing fungus beetles）

專指鞘翅目（Coleoptera）、大蕈蟲科（Erotyliae），此類甲蟲幼蟲及成蟲都只吃蕈類，有些種類甚至成為倉儲貨物（乾香菇）的害蟲，臺灣已記錄 86 種。

龍蝨（predaceous diving beetles）

隸屬於鞘翅目之下的肉食亞目、龍蝨科（Dyticidae）。生活在田野、水溝、小溪等水體中，是一群捕食性水生昆蟲，善游泳。臺灣已記錄有 65 種。

狼蛛（Tarantula）

屬於較原始的蜘蛛，其全身密生細毛。美洲的狼蛛身上某些地方可能長有一種刺激性的螫毛，可在面臨危險時使用後腿向老鼠等天敵拋灑這種天然的致癢粉，而天敵遇到這種螫毛會產生的癢感。這種方式可以幫助叮咬能力較弱的美洲狼蛛保護自己不受傷害，而美洲狼蛛也因此擁有相對於亞洲狼蛛較低的毒性。

昆蟲生長階段介紹

一般來說，除了無翅亞綱四個目的昆蟲無變態外，昆蟲的變態分成兩種，即「完全變態」和「不完全變態」。完全變態即昆蟲一生的生活史包括「卵、幼蟲、蛹、成蟲」四個階段，如蝶、蛾、蜂、蚊、草蛉、跳蚤等；不完全變態其生活史僅有「卵、幼蟲、成蟲」三個階段，如蜻蜓、豆娘、蟋蟀、蝗蟲、竹節蟲、蟑螂、椿象、蟬、蚜蟲。

昆蟲的血液

其血液由血漿和血細胞組成，具血液和淋巴樣組織液的特性，因此又稱「血淋巴」（hemolymph），占動物體重的 30 ～ 40%。主要為營養物質運輸，溫度調節和創傷癒合的作用。因昆蟲呼吸作用在氣管中進行，故血液無呼吸色素。一般認為昆蟲的血液顏色是從食物中獲得的，常見的有黃色、橙紅色、藍綠色和綠色。

昆蟲的呼吸

大部分昆蟲都通過其外骨骼上的氣門（spiracle）進行呼吸，吸入的空氣通過其體內許多微小的管道到達體內各處，直徑較大的管道稱為「氣管」（trachea），直徑較小的稱為「微氣管」（tracheole）。這種氣體擴散方式在短距離氣體運輸上比較有效，而長距離則不是十分有效，這也是為什麼昆蟲大多都很小的原因之一。

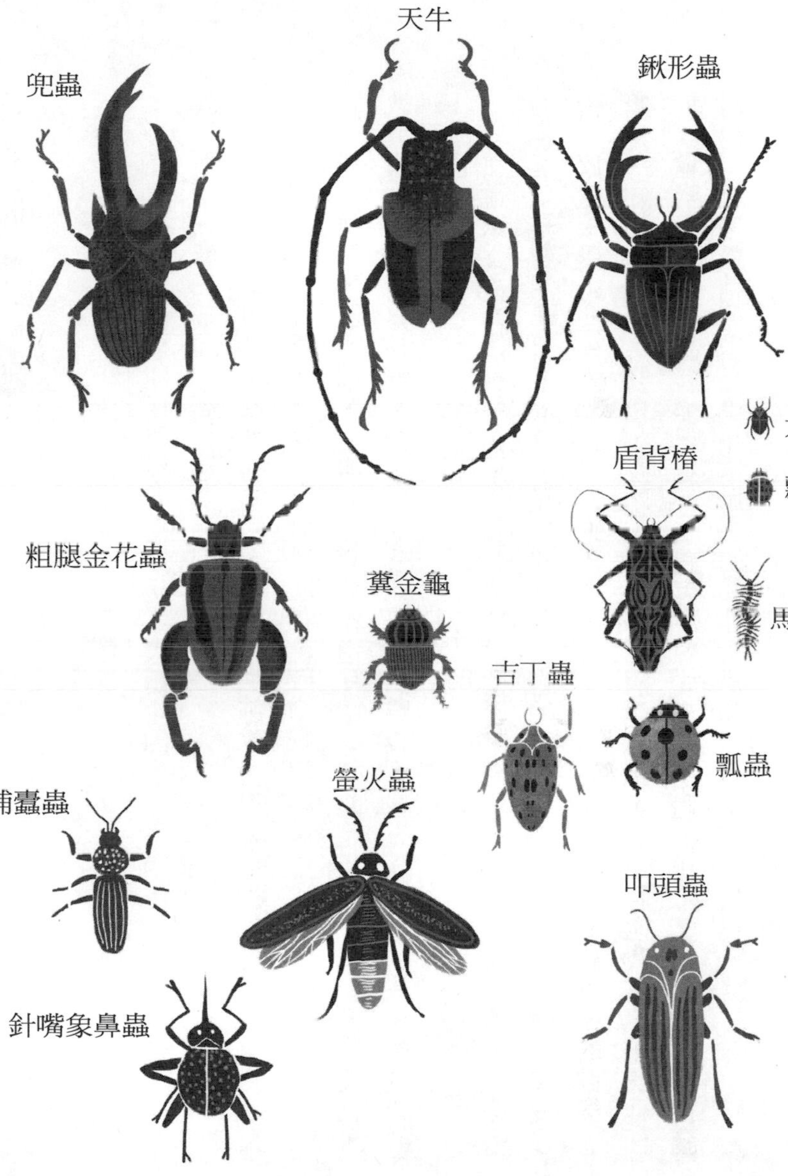

參考答案

作者謝詞

在這裡，我要感謝所有幫我促成這本書誕生的人。不過，這不僅僅是一本小說，而是一套三部曲的完結與夢想的實現。

在第一本《甲蟲男孩》的結尾，我感謝了每位在我說「我要寫一本關於甲蟲的書」時，不但沒有嘲笑我，反而幫助我、鼓勵我的朋友。

在《女王再臨》中，我謝謝在我寫作過程中認識的昆蟲學家，他們啟發我、教導我，還有世界各地優秀的出版公司，他們將我這些充滿甲蟲的故事帶到新的國度。

在這本《最終決戰》最後，我想要感謝甲蟲。過去十年來，我的人生最大的標記就是對甲蟲日漸著迷。雖然我一開始害怕討厭甲蟲，但逐漸轉變成熱愛珍惜，欣然接受這些「六腳奇蹟」進入腦中後，我的心和家庭帶給我更多的歡樂、驚奇、知識、靈感、喜悅、友誼、意義、平靜與幸福，它遠勝過我這輩子其他任何一種嗜好。甲蟲讓我變得更好，我衷心想要謝謝牠們。我希望牠們會原諒我發出尖叫、逃離牠們了三十年。過去的我非常無知，對不起。

我感激的人類數量幾乎跟地球上的甲蟲種類一樣，多不可數，我要感謝的人有：

我的丈夫山姆，他一路牽著我的手，讀過我所寫的每一個字，在我沒有自信的時候相信我，在我表現得很糟糕的時候愛我。我們真的辦到了，也達成目標了！看看我們的成果！

我帥氣的兒子亞瑟和賽巴斯汀，我很抱歉我太忙碌，時常不在。謝謝你們的耐心、自信，你們是所有母親求之不得、最棒的兒子。我愛你們。

在各方面支持我從事瘋狂事業的家人，尤其是珍．斯巴林、漢娜、加布里爾和查理．斯巴林。

我的隱形編輯克蕾兒．拉奇許和莎拉．貝嫩博士，這些故事中到處都有你們的指教。我希望你們覺得自己是這些書的主人，因為你們改善了書的內容，克蕾兒讓書變得更有趣，莎拉讓書在昆蟲學方面的知識正確。

我在國家劇院的「家人」，尤其是那兩個狂人愛瑪．里迪和山姆．賽吉曼。

我的經紀人柯絲蒂．麥克拉蘭，她是位和我志趣相投、說話直率的人。

雞舍出版社的大夥兒，我要向你們致敬：貝瑞．康寧漢 OBE、蕊秋．雷雄、艾利諾．巴格納爾、瑞秋．希克曼、傑茲．巴列特、莎拉．威爾森、艾絲特．華勒、蘿拉．麥爾斯、凱西亞．盧波，及蘿拉．史邁斯。

里奧傳播公司的各位淑女，我崇拜你們：莉茲．海德、愛黛兒．明欽、丁氏，和蘿拉．柯蒂斯。

各位作家朋友，你們閱讀我的書，給我鼓勵、建議，還請我喝一杯，向我解釋這瘋狂的行業，感謝你們的好意與相互支持。特別是荷莉．斯梅爾、潔絲．弗蘭琪、瑪茲．伊凡斯、基蘭．米爾伍德．哈格雷夫、詹姆斯．尼可，以及克里斯．里德爾。

所有的譯者，你們煞費苦心用另一種語言重述了我的故事，我們都是講述甲蟲故事的成員，我很感謝你們的才能、細心與熱情。

布蘭福博斯獎的評審與其他所有捍衛甲蟲的人，包括茱莉亞．艾克麗雪、費歐娜．諾保、芙倫婷娜．馬丁、湯姆．弗萊徹、彼德．史密瑟斯、娜塔莎．哈丁、夏洛特．艾爾、麥西．巴克萊、賽門．雷得、梅根．雪爾斯比、愛希麗．威芬、凡妮莎．哈柏，及伊摩珍．庫柏。

所有的書商、圖書館員、老師、家長、書評、昆蟲學家、讀者，以及我在世界各地的學校、慶典與活動中遇見的每個甲蟲女孩和甲蟲男孩。

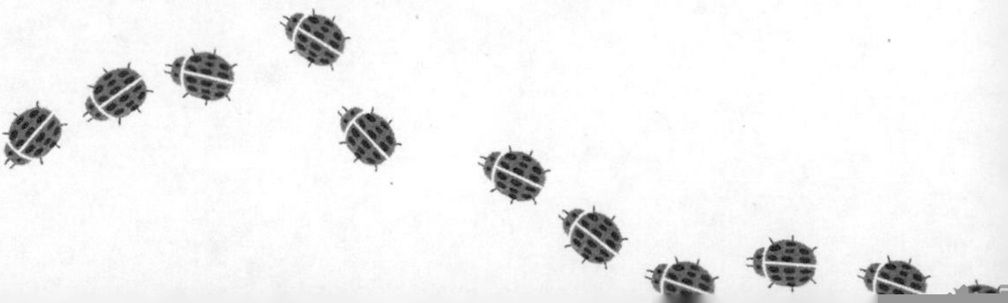

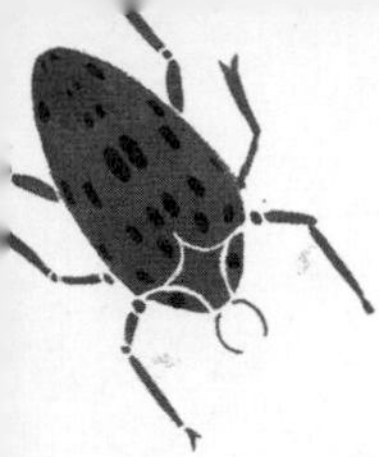

如果你渴望多認識一些甲蟲，那麼也可以讀一讀二〇一八年出版的《昆蟲蒐集手冊》。

感謝你們所有人，願你們的生活中有幸擁有甲蟲。

如果你想認識真正的甲蟲，可以去參觀位在朋布羅克郡的莎拉・貝嫩博士的昆蟲農場。她是這三部曲的科學顧問，並帶我到她的昆蟲動物園，幫助我克服對昆蟲的恐懼，讓我擁抱我的第一隻甲蟲，那是個不可思議的地方。詳細的介紹請上：www.drbeynensbugfarm.com。

還有一些其他非常棒的機構，你也可以看看：

www.buglife.org.uk

www.ptes.org/stagbeetle

www.enviornmenttrust.co.uk

www.amentsoc.org

少年天下系列 061

甲蟲男孩3：最終決戰

作　　者｜M. G. 里奧納（M.G. Leonard）
繪　　者｜卡爾・詹姆斯・蒙特弗（Karl James. Mountford）
譯　　者｜黃意然

責任編輯｜楊琇珊
特約編輯｜陳玫靜
封面設計｜魚小花
內頁編排｜極翔企業有限公司
行銷企劃｜葉怡伶

天下雜誌群創辦人｜殷允芃
董事長兼執行長｜何琦瑜
兒童產品事業群
副總經理｜林彥傑
總監｜林欣靜
版權專員｜何晨瑋、黃微真

出版者｜親子天下股份有限公司
地址｜台北市104建國北路一段96號4樓
電話｜（02）2509-2800　傳真｜（02）2509-2462
網址｜www.parenting.com.tw
讀者服務專線｜（02）2662-0332　傳真｜（02）2662-6048
客服信箱｜bill@cw.com.tw　週一～週五：09:00~17:30

法律顧問｜台英國際商務法律事務所・羅明通律師
製版印刷｜中原造像股份有限公司
總經銷｜大和圖書有限公司　電話：（02）8990-2588

出版日期｜2021年3月第一版第一次印行
　　　　　2021年9月第一版第三次印行
定　　價｜360元
書　　號｜BKKNF061P
I S B N｜978-957-503-716-1

訂購服務
親子天下 Shopping｜shopping.parenting.com.tw
海外・大量訂購｜parenting@cw.com.tw
書香花園｜台北市建國北路二段6巷11號　電話（02）2506-1635
劃撥帳號｜50331356　親子天下股份有限公司

國家圖書館出版品預行編目資料

甲蟲男孩. 3, 最終決戰 / M. G.里奧納（M. G. Leonard）文；黃意然譯. -- 第一版. -- 臺北市：親子天下,
288面；14.8 x 21公分. --（少年天下系列；61）
譯自：
ISBN 978-957-503-716-1（平裝）